Miguel

LA
EMANCIPADA

Segunda edición crítica
Ampliada y mejorada
Flor María Rodríguez-Arenas

 - STOCKCERO -

Published by Stockcero, Inc.
3785 N.W. 82nd Avenue
Doral, FL 33166
USA
stockcero@stockcero.com

www.stockcero.com

Miguel Riofrío

La Emancipada

Esta edición presenta el texto completo de la novela, que incluso en la edición moderna de 1974, realizada por el Consejo Provincial de Loja, se halla también incompleto. El único texto original que se conozca de La emancipada, se halla en manos de Ecuador Espinosa en Loja, quien lo prestó al Consejo Provincial en 1974, para publicar la novela, y quien posteriormente permitió a Fausto Aguirre tomar nota de los fragmentos que hacían falta. Después de lo cual, el texto desapareció de la vista pública.

Debido a esta circunstancia, la novela sigue circulando en muchas ediciones que se basaron en la Edición de 1974, carente del marco narrativo que forman el párrafo introductorio y el epílogo.

La ubicación de estos fragmentos que conforman el marco narrativo, se efectúa en esta edición siguiendo las convenciones de impresión de la época y las normas de presentación de las novelas publicadas como folletín en los diarios del siglo XIX.

Índice

Representación y escritura: el realismo en *La emancipada* de Miguel Riofrío (1863)

Flor María Rodríguez-Arenas
Colorado State University-Pueblo

Hacer la literatura del pasado accesible para el presente al reconstruir su desarrollo, ha sido el trabajo tradicional de la historia de la literatura. Los autores, las obras y los diversos movimientos literarios de épocas anteriores se exponen en determinada forma para que el lector de hoy entienda la relación entre el pasado y las literaturas contemporáneas. Esta labor tiene como función tanto presentar el patrimonio literario describiendo su desarrollo histórico, como determinar la importancia de los autores y sus textos mediante la selección y el énfasis como parte de ese legado cultural. En esta presentación histórica, la información que se transmite involucra no sólo la descripción y la categorización sino también la selección y la evaluación; aspectos que hacen parte de la historiografía, en los que la búsqueda y el rastreo de ese patrimonio conforman, mediante la preferencia y la evaluación, lo que más tarde se va a entender como la tradición.

Lo que se ha aceptado en la historia de la literatura como la tradición literaria (con figuras mayores y menores) y que finalmente se conoce como la literatura es el resultado de un proceso de reducción en el cual la totalidad del material se reúne y se divide en categorías de valor o de falta de éste; lo que hace que autores y textos desaparezcan o simulen desaparecer en determinadas épocas. Esta labor que realiza el historiador está guiada por aspectos normativos y condicionada por sus propios intereses cognitivos e ideología.

Además de su labor histórica, las historias de la literatura cumplen una segunda función: al reconstruir el pasado definen un corpus tradicional de literatura reconocida, a la vez que determinan la reacción de los receptores hacia esos textos. Las categorías de desarrollo y afiliación que se emplean en las historias de la literatura señalan la posición que un autor o una obra deben tener en el corpus literario tradicional. Esta función no sólo la ejecuta la historia literaria sino también la poética; ya que ésta, a través de normas o ejemplos aprobadores o desfavorables, se refiere a la literatura del pasado y a la manera en que esos textos se vinculan al canon literario.

De ahí que la historia de la literatura y su contribución a la definición del canon literario sea incuestionable; no obstante, según las aproximaciones en los diferentes periodos, el canon se modifica para incluir aquellos textos que de una u otra forma se dejaron de lado en el pasado. El desarrollo de una metodología histórica (de la evaluación y categorización de obras y textos) de acuerdo a sus interconexiones históricas, ya no asume un punto de vista normativo fijo, sino que se basa en un concepto de evolución que incluye un modelo de orden que distingue entre lo que pertenece y lo que no, y que determina lo que debe ser el centro de atención y lo que debe relegarse a la periferia.

Esto es lo que ha sucedido en la historia de la literatura ecuatoriana. Hasta hace muy poco se señaló categóricamente a *Cumandá* (1879) de Juan León Mera como la primera novela y la más importante del siglo XIX en el Ecuador; circunstancia que se sigue repitiendo basándose en la información que se ha difundido por generaciones y por la reimpresión de libros escritos décadas antes sin ninguna modificación (véase Pérez 2001); situación que repiten investigadores posteriores al no mencionar la novela (véase Jaramillo Buendía, Pérez Torres, Zavala Guzmán, 1992). Mera, nacido en Ambato en 1832, estaba alineado en el partido conservador, del cual fue el principal ideólogo; además estaba muy cerca del presidente Gabriel García Moreno (véase Albán Gómez 1990, 97). Estas circunstancias contribuyeron a canonizar su obra y a considerarlo «precursor y maestro» del género novelesco (Barrera 1960, 812).[1]

---

1 En el Ecuador, durante el siglo XIX se publicaron diversas novelas que hasta ahora no han recibido la atención de historiadores y críticos de la literatura ecuatoriana. Textos que corren el peligro de desaparecer por la destrucción indiscriminada de fuentes primarias (periódicos y revistas) que sucede en todo el país. Algunos de estos escritos, al llegar a manos de determinados bibliófilos, también desaparecen del panorama nacional, como es el caso del texto original de *La emancipada*.

Una investigación que realicé en el Ecuador, gracias a una Beca Fulbright como US Scholar (2008) me ha permitido encontrar las siguientes novelas (cortas y largas) escritas en el país durante el siglo XIX: 1. *La emancipada* (1863), Miguel Riofrío. 2. *El hombre de las ruinas leyenda fundada en sucesos verdaderos acaecidos en el terremoto de 1868* (1869), Francisco Javier Salazar Arboleda. 3. *Plácido. Novela* (1871), Francisco Campos. 4. *La muerte de Seniergues, leyenda histórica* (1871), Manuel Coronel. 5. *Chumbera, Leyenda original* (1876), José Peralta. 6. *Cumandá o Un drama entre salvajes* (1879), Juan León Mera. 7. *Soledad (apuntes para una leyenda)* (1885), José Peralta. 8. *Entre el amor y el deber. Escenas de la campaña de 1882-1883 en el Ecuador* (1886), Teófilo Pozo Monsalve. 9. *A través de los Andes. Leyenda histórica* (1887), Francisco Campos. 10. *Timoleón Coloma* (1887), Carlos R. Tobar. 11. *Los capítulos que se le olvidaron a Cervantes* (c.a.1889), Juan Montalvo. 12. *Entre dos tías y un tío* (1889), Juan León Mera. 13. Paulina (1889), Cornelia Martínez. 14. *Alma y cuerpo* (1890), Antonio José Quevedo. 15. *Porque soy cristiano* (1890), Juan León Mera. 16. *Campana y campanero* (1891), Honorato Vázquez. 17. *Titania* (1892), Alfredo Baquerizo Moreno. 18. *Impresiones de viaje* (1893), Elena. 19. *Un matrimonio inconveniente. Apuntes para una novela psicológica* (1893), Juan León Mera. 20. *Evangelina* (1894), Alfredo Baquerizo Moreno. 21. *La hija de Atahualpa. Crónica del siglo XVI* (1894), Francisco Campos. 22. *Relación de un veterano de la independencia* (1895), Carlos R. Tobar. 23. *El señor Penco* (1895), Alfredo Baquerizo Moreno. 24.*Nankijukima*.

A pesar de que en 1974, en Loja un grupo de intelectuales, entre ellos Alejandro Carrión, efectuó la edición moderna de *La emancipada* de Miguel Riofrío, todavía en el Ecuador se oyen voces que parecen poner en duda que exista una novela anterior que presenta características opuestas a la ya canonizada *Cumandá*; situación a la que se suma tanto el desconocimiento de las circunstancias socioculturales del pasado, como el no conocer los límites de los movimientos literarios y las innovaciones que surgieron durante el siglo XIX, lo cual impide la total comprensión del quehacer literario y las motivaciones que tuvieron los autores decimonónicos, y a la vez, permite que se clasifiquen los textos erróneamente.

En ese siglo, se escribió prosa de ficción: novela y cuento en el Ecuador, adscribiéndose estos textos a diferentes movimientos literarios, no únicamente al Romanticismo, como es la creencia general entre estudiosos ecuatorianos, muchos de quienes clasifican, desde hace casi seis décadas, las obras mediante la teoría de las generaciones; lineamientos retomados y reelaborados por Ortega y Gasset en 1920 y en 1933, y seguidos por su discípulo Julián Marías en 1949; pero difundidos como dogma en el Ecuador; situación agravada por el empleo sistemático e indiscriminado del libro de Arrom (1963) en zonas específicas del país.

Del método generacional, seguido ciegamente sin ningún cuestionamiento por diversos críticos hispanoamericanos, se ha dicho que ha producido «en Latinoamérica, un retraso multiplicado por dos: retraso de Ortega y Gasset en relación con la corriente filosófica que dio origen al método generacional en Francia y Alemania; retraso de intelectuales como Juan José Arrom, Enrique Anderson Imbert y Cedomil Goic, que se abocaron a redactar historias de la literatura observando el modelo orteguiano (o el de Pinder)» (Cuadros 1997, 235).

Este método encasilla sin distinción a escritores nacidos en determinadas fechas y hace que las obras que produjeron pertenezcan al mismo movimiento literario, impidiendo el entendimiento de los escritos y produciéndose desfasamientos y errores garrafales que llevan a afirmaciones falaces sobre los textos.

Ahora, regresando al siglo XIX, gran parte de los textos de prosa de ficción, ya no sólo en Ecuador, sino en toda Hispanoamérica, apareció en las páginas de las revistas y de los periódicos o como anexos a estas publicaciones. La publicación de textos literarios en los periódicos significó el deseo de los escritores tanto de desarrollar la literatura del área, como de incorporar a la cultura a un nuevo tipo de público, cuya tradición era predominantemente oral; pero que comenzaba a ingresar y a elevarse a estratos sociales que antes les estaban vedados, entrando así a formar parte de un nuevo mercado de

---

Religión, usos y costumbres de los salvajes del Oriente del Ecuador (1895), Fray Enrique Vacas Galindo. 25. *Abelardo* (1895), Eudófilo Alvarez. 26. *El suicida* (1896), Miguel Ángel Corral Salvador. 27. *Luz* (1897), Alfredo Baquerizo Moreno. 28. *Sonata en prosa* (1897), Alfredo Baquerizo Moreno. 29. *Carlota* (1898), Manuel J. Calle. 30. *Tierra adentro. La novela de un viaje* (1898), Alfredo Baquerizo Moreno. 31. *Sebastián Pinillo* (1898), José Peralta. 32. *Un manuscrito* (1898), Miguel Ángel Corral Salvador.

consumo. Esta nueva forma de presentación permitió la expansión de la distribución de los textos y la penetración a ámbitos apartados, con mayor rapidez.

ÉPOCA HISTÓRICA

La Revolución de Independencia se propuso romper la dependencia de España de los territorios hispanoamericano no sólo en cuanto al sistema de gobierno sino también en cuanto a la estructuración de las sociedades para derogar los fundamentos del antiguo régimen y así establecer nuevos órdenes sociales. El problema fundamental era la mentalidad colonial de sus habitantes en las realidades socioeconómicas y culturales.

El Ecuador entró a la vida republicana en 1830 con una Constitución que decía que el gobierno era «popular, representativo, alternativo y responsable» (Ayala Mora 1990, 148). Sin embargo, era simplemente una prolongación de la situación colonial que continuaba el control del poder de los terratenientes. Así, el Estado funcionaba para confirmar o dar validez legal de las medidas represivas que los latifundistas ponían en práctica en contra de los indígenas y los pequeños campesinos:

> A pesar de las declaraciones de universalidad democrática se establecían condiciones sumamente rígidas de acceso a la ciudadanía y, consecuentemente, al sufragio. Además de ciertos requisitos de edad o situación civil, así como saber leer y escribir, se condicionaba la capacidad de elegir a la posesión de un mínimo de propiedad y a no tener la condición de trabajador dependiente. Para poder ser elegido para funciones públicas, el requisito del monto mínimo de propiedad o renta fija era mucho más elevado; de modo que sólo podían acceder a ellas un número contado de propietarios (Ayala Mora 1990, 149).

Esta pequeña minoría de propietarios terratenientes regionales controló la forma en que se elegía el gobierno, a la vez que dominaba completamente la vida social consagrando la existencia de las desigualdades de raza y clase, mantenía la esclavitud y el tributo de los indígenas; además, existían leyes que garantizaban la autoridad del latifundista. Después de la Independencia se consolidó el control local y regional de los terratenientes creando una dispersión de poder entre los grupos dominantes de la sierra y la costa. La demanda de mano de obra que exigía la costa drenaba de trabajadores las haciendas andinas, cuyos propietarios reforzaron los mecanismos de represión interna y demandaron que el Estado ejerciera mejor control. Así, se crearon serios enfrentamientos ya no sólo entre la sierra y la costa, sino también en la región andina entre la zona sur contra el centro y el norte.

Para lograr mantener el dominio político y social, los propietarios aumentaron el control de las asambleas parroquiales, lo cual les permitía pasar a las asambleas del cantón y posteriormente a las de la provincia, al negociar posiciones y cuotas de poder que los autorizaba para establecer alianzas más amplias encabezadas por grandes latifundistas. A la vez, mediante el apoyo de la Iglesia y del ejército, depuraron las formas de subyugación y de dominación ideológica y de hecho de las masas trabajadoras: el concertaje, el atropello institucionalizado en el cobro de impuestos y contribuciones, decretos dirigidos a empobrecer la propiedad campesina y la indígena para someterlas al latifundio, leyes contra la vagancia, contra el libre tránsito, cárceles privadas, condenas a azotes, etc.

La sociedad se concibió como una jerarquización de castas, donde los grupos poderosos consideraban al indígena inferior, erigiéndose mediante un sistema político e ideológico en la clase con derechos privativos para gobernar a los «otros». Junto a este racismo o corte étnico se manifestó el elitismo que restringía el acceso a la participación en la política a quienes poseyeran cultura; es decir, era necesario pertenecer a la misma comunidad cultural: con igual lengua, religión, costumbres y tradición para tener acceso a ciertos derechos. De esta manera, los terratenientes aislaron a la mayoría de la población y reclamaron autoridad para gobernar el país.

> La clase terrateniente criolla justificaba su dominación por la vía de la herencia racial y cultural; pero también la reclama por la supuesta existencia de una base trascendental y sobrenatural que la legitimaba. Desde esta última perspectiva, existe en la conciencia de la clase terrateniente la idea tradicional de la «casta escogida» (...). Desde este punto de vista, la clase terrateniente, y el Estado latifundista que ésta controlaba, están   —según esta concepción—, sólo siguiendo un dictado divino hallado, a la medida, en la «historia» del Viejo Testamento (Silva 1990, 22).

A esto se sumaron otros conflictos serios que surgieron de las atribuciones inherentes al «Patronato» eclesiástico que el Estado ejercía sobre la Iglesia; problemas que se agudizaron cuando se le quisieron aplicar reformas a los bienes materiales adquiridos por los religiosos durante casi cuatro siglos.

El siglo XIX comienza para la Iglesia Católica con la pérdida creciente del poder político del Papa al perder los Estados Pontificios; esta pérdida de poder político en la península italiana se inició con una tendencia a la centralización romana de los asuntos eclesiásticos en el nivel mundial. A esta situación internacional debe agregarse el Patronato concedido por Roma a los reyes españoles que significaba la protección del Estado a la labor de los sacerdotes para evangelizar y educar y para controlar a las autoridades civiles.

Bajo estas regulaciones, la educación y la seguridad social estaban bajo el control de la Iglesia.

En la Colonia, el patronato significaba:

> |E]l control estatal sobre la iglesia a través del derecho de presentación (que equivalía al de nombramiento) de los obispos, a la necesidad del pase regio para los documentos papales, al control de virreyes sobre los viajes de los obispos a España, la exención de la visita ad lamina para los obispos coloniales y la obligación de los obispos de informar detalladamente al rey sobre el estado de sus diócesis (...) El Patronato aislaba así a las iglesias hispanoamericanas de casi todo contacto con Roma sin mostrarse la Corona como usurpadora de los derechos de la Iglesia; la Corona guardaba las apariencias de sumisión y respeto a la Sede Romana pero hallando siempre la manera de entrometerse en todos los asuntos eclesiásticos.
>
> Esta situación de control y protección estatal sobre la Iglesia va a ser el punto inicial de los conflictos con el poder de formación de un Estado nacional, que quiere seguir controlando a una iglesia nacional, cuyo poder social, político y económico es enorme en comparación con la pobreza de las arcas fiscales del Estado y la falta de legitimidad y prestigio social de sus gobernantes primerizos. La autoridad de obispos y curas era casi universalmente reconocida por el pueblo, que palpaba la presencia de la Iglesia a través de los curas párrocos de las más remotas aldeas, en contraste con la lejanía de los nuevos gobernantes (González González 1997, 124-125).

A partir de la Revolución de la Independencia fueron frecuentes las confrontaciones entre el gobierno y la Iglesia. El primero debió enfrentar los ataques recalcitrantes de una clerecía intransigente que acusaba a las autoridades civiles de violentar el orden social y atentar contra Dios y la religión. El obispo de Quito combatió abiertamente el poder constituido y terminó por exilarse en España. El obispo de Popayán abandonó la diócesis y prohibió bajo pena de excomunión el nombramiento de un reemplazo; sanción que extendió a todos los que ayudaran de una u otra forma a las nuevas autoridades. Se unió a las tropas realistas y obligó a los sacerdotes del área para que no dieran sacramentos a los amigos de la independencia. Para calmar la conciencia de los ciudadanos, el gobierno decretó en 1821 que la defensa de la religión y la moral eran objetivos del Gobierno nacional; además denunció ante el pueblo la actitud funesta y conspiradora del clericalismo. De esta manera sustituyó el Patronato regio con un Patronato estatal sometiendo la Iglesia a la autoridad legítima de la república. Así, consiguió que las autoridades eclesiásticas nombraran un nuevo obispo para Popayán.

En 1822, el obispo de Quito, Leonardo Santander y Villavicencio promovió fuertes agitaciones contra el gobierno central, hasta el punto en que el Cabildo Eclesiástico pidió su destitución y su partida para España. Fue remplazado por Calixto Miranda, obispo de Cuenca. Antes de partir el ex-obispo Santander encargó secretamente como obispo a un canónigo Flores, que actuó como prelado al mismo tiempo que Miranda, produciendo el cisma de la Iglesia quiteña; situación que se agravó, cuando el Papa –respondiendo a un pedido de Juan José Flores– aprobó los actos de ambos obispos. Estos conflictos civiles eran producto de una entronizada ideología que se oponía a cualquier cambio del sistema que había prevalecido por siglos. Únicamente en ejercicio del Patronato, la firmeza del Gobierno puso fin a la agitación causada por el clero conservador; pero sus secuelas siguieron afectando durante mucho tiempo los diversos sectores civiles de la población. La reforma que impuso el gobierno se apoyaba en los preceptos de la Ilustración, que llegó de Europa en el siglo XVIII, como también al pensamiento francmasónico y al liberalismo, cuyas bases conforman el nacimiento de las nuevas naciones (véase Núñez Sánchez 2000, 189-193).

El Estado ecuatoriano mantuvo la autoridad sobre la Iglesia ecuatoriana. El Estado nombraba a los obispos y canónigos y ratificaba los nombramientos de los curas párrocos. Así la Iglesia era una «persona de derecho público» dentro del Estado. Existían tres personas de derecho público: El Fisco o Estado Central, el Municipio y la Iglesia. Las tres tenían poder coactivo, podían emplear la fuerza del Estado sobre los habitantes para cumplir con su función. A la vez, la Iglesia legitimó el control del poder que tenía la clase latifundista, ya que esta institución era el primer terrateniente del país.

Como aparato del Estado, la Iglesia tenía una serie de funciones especializadas: el registro de nacimientos, de defunciones, la capacidad legal de autorizar matrimonios y su anulación, etc. Eso significaba el manejo de la institución económica más frecuente e importante en términos de su funcionamiento económico: la sociedad conyugal. También detentaba el «protectorado de indios» controlado por los párrocos que tenían una fuerza enorme ante la comunidad (véase Ayala Mora 2000, 71-74).

En este clima ideológico enfrentado, entre la Independencia y 1830, el territorio de la Colombia bolivariana, incluyendo el Distrito Sur (integrado por los departamentos de Ecuador, Azuay y Guayaquil), encontró el campo de la educación como uno de los más polémicos. El Gobierno creó un sistema público, general y gratuito para afianzar la república; así adoptó el sistema lancasteriano que tenía fama de ser eficiente, innovador y práctico y se había difundido por Europa. Éste democratizaba la enseñanza y llegaba a un creciente número de alumnos; ya que los alumnos más avanzados monitoreaban e instruían a los compañeros más atrasados. Esto se hacía bajo la guía de un inspector que vigilaba el orden, repartía y recogía los útiles escolares e informaba al maestro sobre los resultados.

Desde 1820, el Gobierno de Colombia inició la contratación de profesores para la instalación de escuelas lancasterianas. El primero fue el franciscano quiteño Fray Sebastián Mora Bermeo, quien había sido desterrado a España por el Pacificador Pablo Morillo, acusado de propagador ardiente de las ideas independentistas. En España estudió el método de Lancaster y al recuperar su libertad regresó a Colombia y ofreció sus servicios al Gobierno nacional. Al ser contratado estableció varias escuelas públicas que empleaban ese método. En 1824, se lo nombró director de la Escuela Normal bogotana, que buscaba promover la formación de maestros nacionales. Poco después viajó a su región natal, recién liberada para establecer escuelas lancasterianas.

Como se puede suponer, hubo sectores civiles y religiosos que se opusieron al avance de la educación a todos los niveles. Sin embargo, el Gobierno, con el Vicepresidente Francisco de Paula Santander a la cabeza, continuó desarrollando la educación pública y para 1823, estableció un colegio público en Loja que se unió a los dos que ya existían en Quito. En 1825, había 57 escuelas públicas en el Departamento del Ecuador; 65, en el Departamento del Azuay; no existen datos para el Departamento de Guayaquil. Las escuelas estaban distribuidas en la siguiente forma: Provincia de Pichincha había 17 escuelas; Provincia de Imbabura, 28 escuelas; Provincia de Chimborazo, 12 escuelas; Provincia de Cuenca, 35 escuelas; Provincia de Loja, 30 escuelas: cinco en Gonzanamá; cuatro en Malacatos; tres en Saraguro, Catacocha, Cariamanga y Zozoranga; dos en Loja; dos en Zuruma y Celica, y una en los pueblos de Zumba, Chito y Amaluza. Faltan datos para otras provincias (véase Núñez Sánchez 2000, 198-203).

Esta situación continuó hasta 1838, cuando se reguló nuevamente sobre la Instrucción básica y se dividieron las escuelas en primaria y secundaria; debía haber colegios en todas las capitales de provincia, en los que además de las materias de secundaria debía enseñarse: latín, humanidades y filosofía, El método de Lancaster siguió aplicándose; esta vez difundido por el presbítero Juan José Paredes. Se eliminaron las escuelas mixtas, pero se fundaron más escuelas parroquiales y conventuales, bajo la acción conjunta de la Iglesia y el Poder civil. Así mismo, la educación superior se volvió a regular: la jurisprudencia, la medicina y la teología se cursaban en seis años (Tobar Donoso 1937, 473).

Ahora, en ese medio sociocultural, la familia jugó un papel predominante. En los siglos coloniales entre las clases media y alta imperó la cultura conyugal ibérica, en la que el matrimonio era una de las instituciones clave para controlar las limpiezas de religión, de clase y de sociedad; de ahí que, el autocontrol que se ejercía sobre los enlaces fuera intenso para así asegurar la aristocratización de la sociedad. Para esto, debía darse una unión entre iguales; como consecuencia, los padres tenían un papel activo para lograr la igualdad. Esto a su vez aseguraba que lentamente se fuera fortaleciendo la jerarquía de la riqueza mediante honores, mercedes, el encubrimiento, la limpieza del pasado y la promoción de procesos de movilidad social (véase Chacón Jiménez 2004, 29).

El enlace matrimonial era un contrato y un sacramento; como contrato, las dos partes otorgaban y contraían derechos y obligaciones entre ellos y sobre los hijos. Como sacramento era indisoluble y creaba una serie de obligaciones desiguales, asimétricas y desventajosas para las mujeres. Mientras el hombre debía proteger a su esposa, cuidarla e intervenir por ella en cuestiones públicas; dentro del matrimonio, la mujer conservaba su categoría de «menor de edad» que tenía cuando estaba soltera y bajo la tutela del padre; por tanto, debía obediencia al esposo. Él tenía derechos sobre la persona y bienes de ella en razón de la potestad marital y podía obligarla a vivir con él y a seguirlo donde quisiera que trasladase su residencia. El fin era la conformación de la familia como componente básico de la sociedad (véase Moscoso 1996, 25, 41).

Las «hijas de familia» tenían una vida doméstica dedicada a la familia o a algún tipo de estudio (si había medios económicos), bordaban, hacían tejidos, tocaban algún instrumento musical (piano por lo general); no podían abandonar la casa o salir solas a la calle; normalmente iban acompañadas de los padres o de algún sirviente. Al llegar a cierta edad había tres caminos lógicos en sus vidas: contraer matrimonio, permanecer solteras (situación que no era bien vista) o tomar los hábitos religiosos (véase Sosa Cevallos y Durán Camacho 1990, 164). De esta manera, la vida de la mujer giraba dentro del mundo doméstico controlado por legislaciones civiles y religiosas.

Este breve bosquejo sociocultural ayuda a enmarcar la época en que vivió Miguel Riofrío y que sirve de referente a *La emancipada*.

MIGUEL RIOFRÍO

Partida de bautismo:[2]

---

2   La primera persona en informar sobre este documento fue Stacey Chiriboga (2001, 37). El texto original se reproduce aquí, gracias al actual párroco de Malacatos.

Trascripción del texto:
Manuel
José Miguel
Blanco
En Malacatos veinte y uno de Junio de mil ochocientos diez y nuebe: el
R. P. Frey Esteban Morales pr mi comicn. Bautizó solemte puso óleo y
crisma á Manl José Miguel de edad de quatro días, hijo de Custodia
Sánchez vecina de Loja, soltera, cuyo padre se ignora. Fué su padrino dn
Manl Carrión vecino de Loja, y residente en éste, a quien se le advirtió su
obligación y parentesco. Tgos Dn Felipe Ochoa y Manl Sánchez y pᵃ que
conste lo firmo.

                                                TIRSO ANDRÉS ROMÁN A.

La partida de bautismo, asentada en el libro de «Blancos», señala datos
muy importantes que corrigen las versiones que se han publicado sobre el
autor de *La emancipada*. Manuel José Miguel nació en Landangui, anejo de
Malacatos-Loja, hijo de Custodia Sánchez, soltera. En el documento se señala
la raza del niño: «Blanco»;[3] además se indica el 18 de junio de 1819,[4] como la
fecha de su nacimiento.

No se sabe el momento en que Manuel José Miguel Sánchez tomó el ape-
llido Riofrío.[5] El nombre del padre lo proporciona la investigación de Marcia
Stacey Chiriboga, quien afirma que Miguel Riofrío «En su declaración
otorgada en Lima, para la realización de su matrimonio, dice ser hijo legítimo
de José Joaquín Riofrío y de Custodia Sánchez» (Stacey Chiriboga 2001, 36).

Riofrío y Piedra había recibido como dote por su futuro matrimonio con
Eulalia Valdivieso una propiedad en Malacatos para que la trabajara el año
previo al enlace; durante ese año nació Miguel Riofrío en Landangui donde
la familia de Custodia Sánchez (vecina de Loja del barrio San Sebastián, con
propiedades agrícolas en Landangui y Malacatos) tenía una posesión. Miguel
Riofrío señaló que su madre pertenecía a una clase alta de propietarios pue-
blerina, cuyos miembros al llegar a Loja, por la presencia de otras clases, pa-
saban a ser simplemente «chazos»[6] (véase Stacey Chiriboga 2001, 36-37).

Miguel Riofrío hizo sus estudios iniciales en el colegio de Loja dirigido
por los padres lancasterianos, que Bolívar había llevado de Colombia. «[S]alió
de Loja cuando ya había publicado artículos en los periódicos, había escrito

---

3   Este adjetivo para el niño, desmiente totalmente las versiones que se han difundido de
     que la madre, Custodia Sánchez, era «mulata». De haberlo sido, el hijo no habría sido
     calificado en el documento como «Blanco» debajo del nombre.

4   En todas las versiones difundidas en el Ecuador, excepto en los libros de Stacey
     Chiriboga, se afirma que Riofrío nació en 1822, pero la Partida de Bautismo señala
     junio de 1819.

5   Cuatro años antes en otra publicación, esta investigadora reproduce las versiones que
     circulan en diferentes fuentes sobre los posibles progenitores de Miguel Riofrío (véase
     Stacey de Valdivieso 1997, 109-111).

6   El mestizaje formó en Loja una agrupación étnica muy blanca de rostro conocida como
     «los chazos lojanos», campesinos recios y endurecidos por los rigores.

varias poesías, dominaba la gramática y tenía buenos conocimientos en quechua y francés» (Stacey Chiriboga 2001, 47). Viajó a Quito en 1838 donde en el Convictorio de San Fernando compartió clases con futuros hombre públicos del Ecuador, entre ellos Gabriel García Moreno. En ese plantel, uno de los maestros favoritos de Riofrío fue Francisco Montalvo, hermano mayor de Juan Montalvo. En 1840, Riofrío y García Moreno comenzaron a estudiar Derecho en la Universidad Central. El primero se graduó de abogado en 1847 y se incorporó a la Corte Suprema de Justicia en 1851. En este año fundó la Sociedad «Ilustración» en Quito. Entre 1851 y 1856 fue redactor oficial del gobierno de Urbina; época en que debió distanciarse ideológica y personalmente de su condiscípulo García Moreno. Trabajó en el Ministerio de Relaciones Exteriores en Quito en noviembre de 1852; durante este tiempo escribía en periódicos de Guayaquil y era redactor del periódico *El 6 de Marzo* (de Guayas). En 1854, escribió en *La Democracia de Quito*. De noviembre de 1855 a agosto de 1856, fue Cónsul en Colombia. En 1857, regresó al Ecuador donde lo eligieron Diputado por Loja. En este viaje llevó consigo a los colombianos Belisario Peña, Francisco Ortiz Barrera y Benjamín Pereira Gamba, quienes fundaron el Colegio de «La Unión» en Loja el 20 de julio de 1857.

En 1858, se trasladó a Guayaquil donde trabajó en la Cancillería. Se opuso a la presidencia interina de García Moreno y escribió contra él en la prensa quiteña desde 1859; hasta que su antiguo discípulo lo hizo tomar preso y lo desterró. Debió salir del Ecuador como proscrito en julio de 1861.[7] Viajó a Colombia, Paita, Piura y finalmente a Lima. En 1862 regresó a Guayaquil y aceptó la candidatura para Vicepresidente de la República, ante la renuncia del Vicepresidente Mariano Cueva. El congreso eligió para el cargo a Rafael Carvajal. Ese mismo año retomó su posición de Oficial Mayor Interino en el Ministerio de Relaciones Exteriores y a partir de entonces se dedicó a la política con prudencia, para no tener más problemas con García Moreno y así tratar de mantener unido el país para poder sacarlo adelante. En enero de 1867, lo nombraron Cónsul y Encargado de Negocios en Lima, donde contrajo matrimonio en 1870 con Josefa Correa y Santiago. Allá tuvo tres hijos: Francisco, Carmela y Miguel. En 1876, fue elegido Ministro Plenipotenciario del Ecuador en Lima. En 1877, además ocupó el cargo de Enviado Especial para los problemas de Límites. En 1878, fue Ministro Plenipotenciario y Embajador ante el gobierno del Perú. Falleció en 1881 en Lima de un ataque cardiaco (Véase Stacey Chiriboga 2001, 179).

---

7   Hassaurek, el diplomático de origen austriaco que fuera Ministro de Estados Unidos en el Ecuador (1861-1865) durante la primera presidencia de García Moreno, comentó esta situación con los siguientes términos: «Al comienzo de la administración del señor [García] Moreno, un pobre diablo, un señor Riofrío, dependiendo en las profesiones que el partido triunfante había alcanzado antes de su subida al poder, intentó publicar un escrito de oposición en Quito, pero fue inmediatamente agredido por las autoridades, y se salvó sólo mediante una rápida huida por los senderos menos transitados y pasando por la cordillera. Lo vi cuando llegó a Tumaco, Nueva Granada, con los pies adoloridos y agotado por las penurias y la fatiga, un melancólico ejemplo de la libertad suramericana» (236-237). [Todas las traducciones son nuestras].

Uno de los aspectos importantes de resaltar en la vida de Miguel Riofrío es el hecho de haber sido hijo natural (nacido fuera del matrimonio, pero reconocido por uno o los dos padres; Miguel fue reconocido por la madre), en un país con una arraigada tradición española donde la «limpieza de sangre» (cuyas leyes habían existido en España hasta el 23 de enero de 1794 y que impedían a los hijos fuera del matrimonio realizar cualquier tipo de profesión y los privaba de sus derechos sociales y políticos) seguía siendo una de las marcas sociales negativas.

En los países hispanoamericanos en el siglo XIX, ser hijo natural seguía siendo un baldón; porque el niño estaba marcado con el estigma de haber nacido fuera de un «matrimonio legalmente constituido»; oficialmente se lo privaba de la posibilidad de contar con la protección de una familia amplia conformada por abuelos, tíos, tías, primos, etc. De acuerdo a la ley, los abuelos no eran parientes y por tanto, los hijos naturales no podían heredarlos (en representación de sus padres), ni esperar protección y cuidado de ellos. Además, esta condición de hijo natural lo hacía «sospechoso» –frente a muchas personas, grupos e instituciones– de ser portador de una dudosa moralidad, lo que significaba por ejemplo, que no era recibido en diversas casas de personas reconocidas o que fuera discriminado y excluido por muchos establecimientos y organismos.

A pesar de la Independencia de España, las sociedades hispanoamericanas no lograron superar lo que introdujeron y reprodujeron los españoles durante tres siglos; así la alta valoración de la procreación dentro del matrimonio hizo en esas sociedades de castas que el desprecio y el rechazo de los hijos naturales y los hijos ilegítimos se manifestaran abiertamente y se siguieran considerando un lastre social. Los prejuicios raciales, las diferentes realidades económicas y sociales entre los diversos grupos humanos identificados por su color de piel, origen étnico o geográfico siguieron operando a lo largo de todo el siglo XIX.

Aunque Miguel Riofrío ocupó altos cargos públicos y adquirió gran prestancia social dentro de la convulsionada sociedad de su época e incluso llegó a tener solvencia económica (prestaba sus fondos a los municipios para que construyeran caminos, se levantaran escuelas, etc.), nunca contrajo matrimonio en el Ecuador. En 1867, salió de su tierra y radicó en el Perú, ejerciendo diversos cargos administrativos y diplomáticos en nombre del gobierno de su país. En 1870, en Lima para contraer matrimonio declaró que era hijo legítimo de José Joaquín Riofrío y Custodia Sánchez; a los 51 años de edad, estando fuera de su país, disfrazó su condición personal para celebrar su boda por la Iglesia. «Se sabe que no fue legítimo, dolorosa situación que le afectó siempre y que trató de ocultar a como dé (sic) lugar» (Stacey Chiriboga 2001, 36).

La madre, Custodia Sánchez Montesinos, nació en 1804 e hizo testamento en 1864. Tuvo a Tomás, hijo mayor, de padre desconocido; su segundo vástago fue Miguel, hijo no reconocido de José Joaquín Riofrío y Piedra; su tercera hija fue María Agustina, hija natural de Juan José Riofrío y Vivanco antes de que fuera sacerdote (ambos padres la reconocieron el día del bautismo). Posteriormente contrajo matrimonio con Juan Pedreros con quien tuvo cuatro hijos: Martín, Matea, Pedro y María de la Trinidad (véase Stacey Chiriboga 2001, 26-27). Esa situación personal de tener una madre que había tenido hijos de tres hombres sin haberse casado permaneció con Miguel Riofrío durante su vida y le debió haber producido una reacción intensa de gran impacto afectivo, que persistió en sus recuerdos y debió haber perjudicado muchos aspectos de su vida en el Ecuador; a tal punto que después de su matrimonio no existe registro de que haya regresado a su país a ejercer algún puesto oficial.

La emancipada

En la publicación moderna en 1974, realizada por el Consejo Provincial de Loja, se afirmó que el texto de *La emancipada* había sido publicado en 1863 «en Quito, en folletín del diario "La Unión"» (Carrión 1974, 36). Décadas más tarde, Fausto Aguirre en el «Estudio introductorio» de la novela para la Editorial Libresa (1992) refutando la información anterior, aseveró: «Mientras no se pruebe lo contrario, la primera edición, que se hizo por entregas, en forma de folletín, (...) salió a través del diario *La Unión de Piura*» (1992, 61), basando su afirmación en que Riofrío había salido hacia el Perú en 1862 y nunca más había vuelto al Ecuador (1992, 61).[8] Casi una década después, también se señaló que el lugar había sido Loja en el diario del Colegio La Unión (Stacey Chiriboga 2001, 109).

El Colegio de la Unión había sido fundado en Loja por los tres profesores colombianos: Belisario Peña, Francisco Ortiz Barrera y Benjamín Pereira Gamba, que Miguel Riofrío llevara desde Bogotá en su viaje de 1857 para impulsar la educación en ese lugar. Stacey Chiriboga indicó posteriormente que el colegio de Loja fracasó y los colombianos viajaron a Quito en 1859, donde fundaron otra institución educativa con el mismo nombre (2001, 170).

Este nuevo colegio comenzó a funcionar el 2 de febrero de 1860 (véase Peña 1860, 4). En el N° 1 de la *Crónica del Colejio*[9] *de La Unión*, se dice que es un «nuevo periódico, Órgano del Colejio de la Unión» (Peña 1860, 1). Además, aparecen en Quito como funcionarios del establecimiento única-

---

8   A esto, Stacey Chiriboga, aportando documentos, demuestra que Riofrío salió por primera vez en 1861 al Perú y regresó al Ecuador en 1862, (2001, 173); en 1864, fue candidato a la Vicepresidencia del Ecuador (2001, 74); en 1867, viajó nuevamente a Lima como Cónsul y Encargado de negocios (2001, 174); y la tercera y última vez lo hizo en 1876 (2001, 177).
    A pesar de las aseveraciones publicadas basándose en informaciones orales, hasta agosto de 2008, Fausto Aguirre tampoco sabía si había existido ese periódico en Piura en 1863.

9   Se conserva la ortografía original de la publicación.

mente Belisario Peña (director) y Francisco Ortiz Barrera (subdirector). Benjamín Pereira Gamba figura sólo como colaborador con un artículo fechado en Loja en octubre de 1860. Es decir, si *La Emancipada* fue publicada en la *Crónica del Colejio de la Unión* en 1863, lo debió haber sido en Quito, lugar en donde funcionaba esta institución educativa; no obstante, no existe una colección completa de *La Crónica del Colejio de la Unión*, para corroborar este dato. A esto hay que agregar que en Quito en 1863 no existió un periódico llamado *La Unión* (véanse: Arboleda [1909], Ceriola [1909], Rolando [1920], Barrera [1955]).

También se ha indicado que la escritura del texto de *La emancipada* la hizo Riofrío en 1846 (Stacey Chiriboga 2001, 199); sin embargo, esta investigadora no aporta ninguna prueba fehaciente que permita aceptar esa fecha. Esa información implicaría que Riofrío escribió la novela cuando contaba 28 años de edad, incluso antes de colaborar con la fundación de la sociedad literaria Amigos de la Ilustración en 1847 en Ambato, de la que hicieron parte los hermanos Montalvo (Stacey Chiriboga 2001, 81). De haber sido así, es muy probable que volviera a revisar el texto antes de su publicación en 1863, tanto por el contenido de fuerte denuncia social de la novela, especialmente contra el clero y los terratenientes conservadores, por el momento histórico en que iba a conocerse públicamente, como por la difícil situación personal y política de Riofrío con Gabriel García Moreno,[10] que había sido elegido como presidente del país en 1861, a quien había atacado consistentemente desde 1859; por cuya causa había sido apresado y luego salido al exilio del cual acababa de regresar.

La emancipada es una novela que presenta peculiaridades dignas de destacar dentro de las letras hispanoamericanas. Escrita a mediados del siglo XIX tiene una fuerte capacidad mimética con la realidad circundante creando una sensación total de verosimilitud; es decir, hay una correspondencia bastante

---

10   En la ejecución de su cargo, García Moreno «cifró la redención del Ecuador en la elevación moral y en la religiosidad» (Ruiz Rivera 1988, 61). Entre las reformas que ejecutó, invitó a varias comunidades religiosas a establecerse en el Ecuador, y a los jesuitas que habían sido expulsados, a regresar al país; encargó de la educación primaria a los Hermanos de la Doctrina Cristiana y a las Hermanas de los Sagrados Corazones; mientras que los jesuitas lo hicieron de la secundaria y la universitaria. También empezó a reformar las comunidades religiosas, ya que deberían dar ejemplo. Gestionó un nuevo Concordato con el Vaticano para que la Iglesia cumpliera con su misión divina, prohibió otros cultos, libros y doctrinas que no fueran católicas. Firmó el Concordato el 10 de mayo de 1862, pero no le gustó lo que calificó de «excesiva blandura» del Papa Pío IX para reformar el clero. La religión se convirtió en su bandera política, limitó a los ciudadanos según el credo que profesaban y les exigió para serlo la condición de católicos. Con estos planes el Estado se dedicaba exclusivamente a la dominación política y a la cohesión; mientras que la ideología quedaba a cargo de la Iglesia, «Esta entrega a la Iglesia del control ideológico, garantizada por la represión estatal, se produce a cambio de una renuncia a su completa autonomía» (Ayala Mora 2000, 80). Del mismo modo, «Con el argumento bolivariano de la "insuficiencia de leyes" García Moreno violó sistemáticamente, la Carta Fundamental nombrando, directamente, gobernadores, acrecentando atribuciones municipales, atropellando las garantías ciudadanas e incluso fusilando por derechos políticos» (Ayala Mora y Cordero Aguilar 1990, 206). Había una permanente represión y su gobierno se fue marcando progresivamente por la atmósfera de terror.

cercana entre el mundo real y el literario. Desde esta posición y con las técnicas empleadas, la novela se sitúa dentro del movimiento dominante en Europa, especialmente en Francia a partir de 1840, el Realismo.

Muchos historiadores del Realismo datan el origen del movimiento hacia 1830, un año después de que Balzac publicara *Les chouans*, e indican el fin con el cierre del Segundo Imperio o con la publicación de la novela de Zola, *Thérèse Raquin* (1867). En los inicios de la década de 1850, Durante y Champfleury impulsaron la observación simple y directa de una literatura de la sociedad, especialmente del pueblo y concibieron la actividad literaria como un compromiso (véase: Bourdieu 1997, 141-143).

Para Champfleury, el Realismo era: «la sinceridad en el arte»; se debía representar lo visto o experimentado sin alteración alguna y sin responder a ninguna afectación estética; de ahí que escribiera en el prefacio a sus *Contes domestiques* en 1852:

> Lo que veo en mi cabeza desciende hasta mi pluma y se convierte en lo que he visto. El método es sencillo, al alcance de cualquiera. Pero, ¡cuánto tiempo es necesario para despojarse de los recuerdos, las imitaciones, el medio en que uno vive, y redescubrir la propia naturaleza! (citado en Nochlin 32).

Así, además del rasgo característico de la ilusión mimética que produce una sensación de realidad del mundo representado con la que se asocia el movimiento Realista, en el siglo XIX, una narración podía considerarse realista únicamente por contener personajes de clase baja o criminales (como es el caso de *Les Mystères de Paris* de Eugène Sue y varias de las novelas de Balzac) y también al presentar escenas bélicas (*La chartreuse de Parme* de Stendhal) o de sexo (véase: Mortimer 2-4).

Pierre Bourdieu definió el Realismo al referirse a Flaubert con las siguientes palabras:

> [E]scribir la realidad (y no describirla de imitarla, sino de dejarla en cierto modo que se produzca a sí misma, representación natural de la naturaleza); es decir de hacer aquello que define propiamente la literatura, pero a propósito de la realidad más banalmente real, la más corriente y moliente que, por oposición a lo ideal, no está hecha para ser escrita (1997, 151).

Con el movimiento Realista, el escenario que estaba reservado para los reyes, los nobles, los diplomáticos y los héroes, se cede para la representación de la gente corriente que desempeña sus labores cotidianas:

> Intenta ver a los hombres en sus talleres, sus oficinas, sus campos, con su firmamento, su tierra, sus casas, sus vestidos, sus utensilios, sus comidas, (…) reparas en las caras y los gestos, los caminos y las posadas, en un ciudadano que pasea, en una mujer que bebe (Hip-

xxii   MIGUEL RIOFRÍO

polyte Tayne citado en Nochlin 19).

Es esa cotidianidad lo que conforma la objetividad de la representación
de *La emancipada*; expresión que capta la apariencia directa de la naturaleza,
permitiendo que la experiencia del lector se aproxime a percibir aspectos de
lo que era la sociedad ecuatoriana de la época. Esto lo logra mediante una
crítica objetiva de la comunidad, certeras descripciones y técnicas y acerca-
mientos que hacen que el lector perciba el lugar y la época.

Su mundo de ficción expone un sistema de experiencias en que los personajes y sus acciones representan una ideología que se relaciona con la
cultura del momento y los lectores a los que iba destinado el texto. Los elementos de su universo ficcional son artefactos culturales con signos reconoci-
bles que dependen de un vasto sistema de significados que señalan lo que
la cultura debe aprender sobre sí misma; de ahí que desarrolle aspectos del
proceso social e ideológico en el que la estructuración de la sociedad ecuatoriana tenía su fundamento; proceso del cual Riofrío no solo fue testigo sino
además de un sujeto subyugado por algunos de sus fenómenos, fue un activo
participante en otros.

Conocedor de la vida republicana de su país, en este mundo ficcional
denota una percepción bastante ajustada de la situación histórica de la joven
república ecuatoriana. La exposición de los aspectos ideológicos, éticos y es-
téticos que se evidenciaban en el desarrollo de esa sociedad es lo que Miguel
Riofrío expuso críticamente en *La emancipada*.[11] Por medio de la representación, esta novela pretende contener la totalidad de la sociedad del Ecuador,
al representar la del área de Loja en un momento determinado del siglo XIX.

Uno de los primeros aspectos que se observan en *La emancipada* es la exis-

---

11 Argumento: El matrimonio de Rosaura, joven de dieciocho años, con don Anselmo de
Aguirre, propietario de terrenos en Quilanga, hombre al que ella no conocía, lo habían
arreglado el padre de la joven, don Pedro de Mendoza, y el sacerdote del pueblo. Ella
estaba enamorada de Eduardo Ramírez, estudiante de derecho. La joven había aprendido de la madre a valorar la educación propia y a respetar a los demás. Cuando la progenitora falleció, el padre, le quitó a la hija lo que le permitía distraerse o instruirse, la
encerró alejándola del mundo y le prohibió todo, excepto la lectura de unos pocos libros
religiosos.

El primero de enero, uno de los amigos de Eduardo descubrió que el seis del mismo
mes se celebraría sorpresivamente el enlace matrimonial de Rosaura con Aguirre y se
lo informó a Eduardo. Cuando Rosaura lo supo, intentó hablar con su padre, pero él
para obligarla a aceptar el matrimonio golpeó salvajemente a un indígena e intentó
matar a su pequeña hija de seis años. Para evitar esto, Rosaura aceptó casarse. Se efectuó la boda con la desaprobación de los presentes; pero al salir de la iglesia, la joven se
enfrentó al padre, al cura y a las autoridades porque ante las leyes civiles y eclesiásticas
ella ya se había emancipado. Mientras todo sucedía, los amigos de Eduardo inten-
taron liberarla y protegerla; pero Eduardo tomó la decisión de entrar en un monasterio
para hacerse sacerdote. De esta manera, Rosaura quedó sin amparo ni apoyo en una
sociedad que la repudiaba. Poco tiempo después, los mismos que habían querido ampa-
rarla, contribuyeron a su depravación. Pasados unos meses, Eduardo reapareció en la
vida de Rosaura para convertirse en su verdugo al recriminarle su actuación. Después
de un intercambio epistolar, la joven murió, quedando duda de cómo había sucedido
ese fin. La última emoción que ella produjo, la sufrió un joven estudiante de medicina
que vio la destrucción que los hombres hacían con su cadáver.

tencia de una sólida tradición literaria que se constituye a través de simili-
tudes y diferencias, diálogos, descripciones y artefactos literarios que entran
en una negociación fundamental con antecedentes sobre cómo un mundo
cambiante de experiencias podía articularse por medio de la adaptación de
formas narrativas y técnicas heredadas.

Una de estas manifestaciones tiene que ver con las técnicas de representación de la realidad en este mundo de ficción. Estos procedimientos ofrecen
una perspectiva única sobre la constitución de la sociedad ecuatoriana de la
época, mostrándola como un complejo social dinámico que involucra un
número de mediaciones mutuamente interdependientes en las que se presta
atención particular a los detalles, lo cual indica la manera en que la representación está imbricada dentro de específicas problemáticas históricas importantes para los receptores a los que se destinaba el texto. Con estos procedimientos, el autor, ubicado en un escenario de confrontación y lucha,
intentaba dar sentido a la tradición para sujetarla a reinterpretaciones y para
evitar olvidos y silencios;[12] también para mostrar que los actores sociales im-
plicados que pugnaban por afirmar la legitimidad de «su» verdad, lo hacían
para controlar el poder.

Riofrío no podía borrar el pasado, sino ayudar a entenderlo mostrando a
las nuevas generaciones los problemas que causaba la transmisión férrea de
antiguos comportamientos y modos de vida que creaban un sopor social y a
la vez producían el marasmo cultural. Entendía que este conjunto de creencias sobre el modo en que actuaba la mayoría impuestas por un grupo o
clase social determinado, que detentaba el poder en favor de sus propios intereses, era una ideología que había que desenmascarar y desmitificar. De esta
manera, contribuía a cambiar el sentido de ese pasado marcando las inten-
cionalidades que existían. Con su escritura señalaba que cada generación
debía reescribir su propia Historia porque las circunstancias culturales, sociales e históricas del Ecuador eran diferentes a las de la época colonial; de
esta forma, las generaciones futuras podían juzgar el presente y ayudar a construir el futuro; en esto radicaba el avance de la sociedad.

De ahí que con *La emancipada*, otra de las intenciones de Riofrío fuera establecer, convencer, transmitir una narrativa que pudiera lograr ser com-
prendida y, a la vez, revelara en su mundo ficcional cómo se organizaba la experiencia en torno a orientaciones ideológicas y fuerzas sociales que

---

12   Paul Ricoeur plantea al respecto: «Aunque, en efecto, los hechos son imborrables y no
      puede deshacerse lo que se ha hecho, ni hacer que lo que ha sucedido no suceda, el sen-
      tido de lo que pasó por el contrario, no está fijado de una vez por todas. Además de que
      los acontecimientos del pasado pueden interpretarse de otra manera, la carga moral
      vinculada a la relación de deuda respecto al pasado puede incrementarse o rebajarse,
      según tengan primacía la acusación, que encierra el culpable en el sentimiento doloro-
      so de lo irreversible, o el perdón, que abre la perspectiva de la exención de la deuda, que
      equivale a una conversión del propio sentido del pasado. Podemos considerar este fenó-
      meno de la reinterpretación tanto en el plano moral como en el del simple relato, como
      un caso de acción retroactiva de la intencionalidad del futuro sobre la aprehensión del
      pasado» (1999, 49).

determinaban a los individuos y estancaban el desarrollo de la sociedad para que con ese discernimiento comenzaran a producirse transformaciones sociales.

Como afirma Riffaterre:

> Una novela siempre contiene signos, cuya función es recordarles a los lectores que lo que se cuenta es imaginario. El prodigio es que la ficción, aún con esta información, sigue interesando y convenciendo; y hasta llega a parecer significativa a la propia experiencia del lector, a pesar de contener tantas señales que recuerdan su artificialidad. También, lo maravilloso es que elude el peligro siempre presente de que la historia imaginaria pueda aparecer infundada. Aún más, cualquier verdad simbólica que la ficción pueda tener resulta de la transformación retórica de la narrativa en discurso figurado o de analogías situacionales entre la invención del escritor y la representación de la realidad reconocible (1990, 1-2).

Para que lo anterior suceda, la novela debe construir un sistema de verosimilitud que aunque indica que la historia es ficcional, en ella existen convenciones de verdad, signos de plausibilidad que hacen que los lectores reaccionen al contenido como si fuera verdad; esta calidad sería una modalidad de la diégesis (el universo espacial y temporal en el que la historia se desarrolla, la actualización lingüística de las estructuras narrativas).

Pero aunque la ficción sea verosímil, los cambios ideológicos colorean la realidad con muchas tonalidades. Por eso, una historia debe contener rasgos que puedan verificarse de algún modo mediante la experiencia vivida o en su ausencia, el lenguaje proporcionará una especie de imagen estereotipada que puede ser corroborada mediante palabras y expresiones conocidas (véase Riffaterre 1990, 2-12).

En este sistema de verosimilitud está imbricada una compleja red intertextual (el texto remite siempre a otros textos que o bien asume o bien transforma) que se vincula con la cultura y que implica nociones de modelos de mundo que inciden en ese universo literario. También existen subtextos originados en textos ajenos a la literatura como: tratados psicológicos, científicos, textos sociológicos, etc., que van desde la influencia hasta la huella, en el sentido derrideano, y que dependen de la recepción (competencia lectora que los active).

A todo lo anterior debe agregarse que:

> La realidad como conjunto de fenómenos perceptibles y percibidos cobra sentido mediante un acto de entendimiento, o vivencia intencional. (...) ¿Qué actos equiparables a esas vivencias intencionales podemos encontrar en el proceso comunicativo literario? Sin duda, al menos tres: la aprehensión del mundo por parte del escritor, la

producción del texto y la escritura del mismo a cargo de su destinatario. Y como todo acto intencional constituye objetos intencionales, puede decirse que lo son la realidad percibida por el autor, la
obra de arte literaria por él creada y el mundo proyectado, a partir
de ella, por el lector (Villanueva 1992, 89).

Precisamente, los subtextos, los intertextos que la intencionalidad de
Riofrío impulsa (el efecto de realidad representado por él mediante personajes, sucesos, situaciones, espacios, ideas, diálogos, memorias, notas, cartas,
etc., que el lenguaje del texto instituye desde la primera palabra) –que está
modelada sobre aspectos de la realidad física, social y humana del Ecuador
de la época– y que posteriormente se activan con la recepción y el descifra-
miento que efectúa el lector, configuran las estrategias de organización del
mundo interno de *La emancipada* que van a ser objeto de este ensayo.

Para lograr esto se debe entender que los personajes literarios sobre los
que descansa el mundo de ficción son artefactos literarios construidos con palabras, como tal, son los enunciados que se encuentran en el discurso de *La
emancipada* los que deben tenerse en cuenta para la comprensión de los aspectos que componen esta novela. Esos enunciados serán relacionados en este
ensayo con otras áreas del conocimiento que explicitan alguna noción de la
verdad o de la realidad. Porque los personajes y de, hecho, la ficción parecen
imitar o reflejar, o reproducir o sugerir, o permitir percepciones de un significado o de una realidad que existe de alguna forma fuera de la ficción. Al
contrastar los personajes ficcionales con el mundo histórico prestando
atención a la manera en que ellos se adaptan o no a ese referente se logra
ofrecer una crítica que explica su presencia y su sentido. Los personajes literarios tienen significado y se entienden porque hacen referencia a una segunda dimensión de expresión que se relaciona con alguna verdad o realidad
histórica. Aspectos componentes del momento histórico que se hallan en la
novela de Riofrío son los referentes que se tendrán en cuenta en esta lectura,
porque los personajes literarios tienen significado y son comprensibles al parecer reales; ya que el lector actualiza verdades históricas, aspectos de la realidad que se hallan en la memoria colectiva o simplemente porque el mundo
en el que se mueven posee un alto grado de verosimilitud.

Miguel Riofrío representa a través del espacio y el tiempo de *La emancipada* una problemática cultural, racial y geográfica que se convierte, en Rosaura, personaje principal, en un espacio de resistencia, ambigüedad y exilio
como el que se reflejó en la situación personal del propio autor, hijo no reconocido por el padre y de madre campesina con hijos espúreos.

Para lograr un impacto mimético a través de estrategias narrativas con-
vencionales, en *La emancipada* se insiste en la ilusión de referencialidad de
una realidad más allá del texto. De ahí que, las transformaciones altamente
estructuradas del medio ambiente que se explicitan en la narración dependan

principalmente del dispositivo retórico que produce una voz narrativa omnisciente anónima, impersonal y objetiva que presenta el mundo narrado; emisión que está separada de cualquier personaje y que semeja ser la voz secreta de la verdad, al narrar desde afuera del mundo ficcional, empleando la narración en tercera persona (extradiegética y no focalizada), para proporcionar testimonios sobre situaciones o para ofrecer comentarios y opiniones sobre aspectos que considera especiales.

La voz narrativa abre el mundo de ficción presentando el lugar geográfico y la época. El primero: una parroquia, lugar que además de señalar la división administrativa más pequeña en que se dividía el territorio ecuatoriano, indica inmediatamente que la historia que el lector va a encontrar posee una realidad y tiene un peso simbólico; puesto que el vocablo «parroquia» a menudo implica un ámbito: cerrado, alejado, limitado, lento. Además, posee una marca de carencia porque es un sitio atrasado en diversos aspectos, un páramo cultural; ya que únicamente en la capital se podía recibir la educación especializada. Asimismo, el lugar carece de nombre, únicamente se sabe que es la «parroquia de M....».[13]

Se sabe que las maneras de ver son histórica, geográfica, cultural y socialmente específicas; lo que significa que la forma en que los seres humanos ven el mundo no es natural e inocente. Dentro de una región, incluso reducida como es la parroquia, existe una serie conectada de escenarios locales en los que los senderos de la existencia de los individuos se entrecruzan en el tiempo y en el espacio, interactúen entre sí o no (Thrift 1996, 79).

El mundo representado en *La emancipada* en la «parroquia de M...» comienza en el interior de una vivienda, «un recinto (...) silencioso (...) el jardín de una casa cuyas puertas habían quedado cerrojadas desde la víspera» (3).[14] Este lugar se visualiza más que se describe, se proporcionan escasos detalles generales que permiten que el lector se ubique en una posición y con una perspectiva indefinidas, abiertas a cualquier indicación, pero limitadas por la vaguedad de la representación.

Jacques Lacan sostiene que la arquitectura es una forma de cerrar el vacío, de contenerlo y en primera instancia de consagrar ese espacio; ve el vacío que la arquitectura rodea como el lugar del objeto perdido en lo inextricable de la realidad e imposible de simbolizar y de olvidar. Para él, lo real es lo que escapa a la simbolización y se pierde para el sujeto; pérdida que hace que surja el deseo (Lacan 1992, 135-136).

---

13   En la literatura europea de los siglos XVIII y XIX era común presentar los lugares ficcionales únicamente con una inicial; con esto, muchos escritores implicaban que el lugar no permitía hacer una referencia identificadora a un lugar particular, sino a una generalidad que otorgaba alguna característica universal a toda el área. Ordinariamente eran ámbitos ya no sólo atrasados sino que exhibían un vacío cultural y psíquico casi irremediable. Naturalmente, los escritores hispanoamericanos decimonónicos hicieron uso de esta técnica narrativa en formas diferentes; ya que en el mundo ficcional de *La emancipada* esta imagen del campo no está contrabalanceada con una imagen positiva de la capital.

14   Todas las notas corresponden a esta edición de la novela.

El jardín de la vivienda es un lugar de deseo, por lo que no se tiene, por lo que está más allá fuera del alcance, por los que no pueden estar en él. Como aparece en la novela, es un lugar abierto, pero limitado y enclaustrante; encierra y restringe física y psicológicamente el campo de acción de Rosaura, quien ha recibido orden de mantenerse alejada del mundo y escondida para los ojos ajenos: «Tú estarás siempre en la recámara y al oír que alguien llega pasarás inmediatamente al cuarto del traspatio; no más paseos ni visitas a nadie ni de nadie» (7). Además de reducirla en su actividad física mediante las paredes y las puertas; psíquicamente, la barra de hierro que sirve de cerradura, le recuerda la represión a que se halla sometida, ya que, como ella se atreve a verbalizar por primera vez frente a Eduardo: «mi padre tiene interés en que nadie me conozca, y menos tú porque teme que se descubran algunos secretos...» (8).

La casa con su jardín en que el padre la encierra señala las pérdidas que Rosaura ha sufrido: la madre, la autonomía, la educación, la alegría, el cariño, la compañía; y marca con su ausencia de particularidades la manera en que este espacio la señala psicológica y socialmente. Como construcción fría, alejada y vacía, esta casa se convierte en símbolo de su psiquis y de su identidad.

El lugar donde se encuentra con Eduardo carece de algún tipo de descripción, únicamente se sabe de él por el sustantivo que lo designa: jardín; lo que significa que el que la rodea no es el espacio común, placentero y alegre, que la mayoría de la gente reconoce; por el contrario, para ella es un lugar de silencios y miedos, de vacíos y ansiedades, represiones y desasosiegos.

La joven ha pasado seis años encerrada en ese espacio en el que se siente perdida y desarraigada; la casa le brinda imágenes dispersas y negativas de carencia e inestabilidad que le dan forma a su percepción de la vida. La soledad que le produjo la muerte de la madre, intensificada por el encierro y el abandono ejercidos por el padre, se representa en ese jardín que carece de descripción y detalles, y en esa vivienda que tiene claramente lugares represivos, alejados y disociadores: la recámara (habitación adyacente a otra más importante, destinada a cierto servicio auxiliar) y el cuarto del traspatio, partes de «una casa cuyas puertas habían quedado cerrojadas» (3). Esta descripción distanciada, parca y fría parece indicar que esa vivienda no es su casa natal, la morada que compartió con su madre, sino el lugar restrictivo, desolado y melancólico producto del abandono y de la orfandad en que ha transcurrido su vida con el progenitor.

Ante esta situación privada del mundo domestico en el que transcurre la vida de la joven, la circunstancia interior que se representa de Eduardo es totalmente opuesta; él ha interiorizado, añora y sueña con ese espacio amplio y agradable que trascribe una y otra vez en la capital en sus ejercicios de retórica; un mundo externo público, lleno de colorido y belleza, luz y alegría: «Las hoyas de los dos Malacatus, Uchima, Chambo y Solanda con sus preciosidades vegetales y sus vistas pintorescas» (4), de naturaleza ubérrima y población gregaria. Área irremplazable de la que se siente orgulloso: «Quedaos vosotros, hijos de la corte (...) yo de la jerarquía de doctor pasaré a la de aldeano, porque allí mora la felicidad» (4). El recuerdo de su vida pasada llena a Eduardo de razones o ilusiones de estabilidad; es el espacio natal, antes de ser lanzado al mundo, que ha fortalecido y asegurado su intimidad (Bachelard 1991, 33-38).

Rosaura reside en otro espacio doméstico durante unos meses; es una casa que consigue en la ciudad de Loja, la cual recibe de la voz narrativa una descripción un poco más precisa:

> Habitaba una casita en la calle de San Agustín (...) [l]a puerta siempre abierta mostraba, en exposición permanente, un pequeño plantío de espárrago, rosas, jazmines y claveles entre higueras, duraznos y tomates que hacían del patio un bosque y un jardín. / Al entrar (...) ella subía una grada de madera, llegaba a su cuarto de tocador; (...) salía a la sala de recibo: ésta era espaciosa, pero un poco desmantelada, pues había sido antes sala de billar, de modo que la palabra billar llegó a tener una aceptación convencional y maliciosa que envilecía el nombre de la dama (...) (30).

Éste es un lugar un poco más amable, con naturaleza útil y bella; pero las carencias sufridas en la adolescencia y el tipo de circunstancias que rodean su presente no le permiten alcanzar la felicidad. Ahora, a pesar de que posee autonomía, ha transgredido normas sociales que le impiden estar alegre y ser optimista. Esta casa revela el estado del alma de Rosaura, refleja su intimidad, muestra las huellas de su desdicha (Bachelard 1991, 104-106); de ahí que el patio sea a la vez un bosque y un jardín; es decir, las funciones del espacio se mezclan y se confunden y el desorden se hace explícito; existe la belleza, pero se pierde entre la anarquía. Del mismo modo, la sala carece de los muebles necesarios para atender cómodamente las visitas; de ahí que la gente del lugar, erigida en juez social, para mortificar a la joven, le adjudique nombres relativos a la antigua función del local; de esta manera la marcan y la denigran haciéndola avergonzar; recordándole con metáforas el lugar social que le «corresponde».

¿Qué es lo que ha permitido que Rosaura llegue a este punto en que ha perdido el respeto propio y ajeno? En el retrato que la voz narrativa hace de ella, proporciona indicios que anticipan ese desenlace:

> En la joven, (...) su tez fina, fresca y delicada (...); la ceja negra, y las pupilas y los cabellos de un castaño oscuro le daban cierta gracia que le era propia y privativa: su mirar franco y despejado, una ondulación que mostraba el labio inferior como desdeñando el superior y el atrevido perfil de su nariz, daban a su rostro una expresión de firmeza inconmovible. No había una perfecta consonancia en sus

facciones; por eso el conjunto tenía no sé qué de extraordinario: la limpieza de su frente y la morbidez de sus mejillas que se encendían con la emoción, parecían signos de candor: la barba perfectamente arqueada imprimía en todo su rostro cierto aire de voluptuosidad: una contracción casi imperceptible en el entrecejo mostraba haber reprimido de tiempo atrás alguna pasión violenta: el cuello leve-mente agobiado le daba una actitud dudosa entre la timidez y la modestia: de modo que ningún fisónomo habría podido adivinar su carácter moral y fisiológico con bastante precisión (3-4).

Ya para el siglo XVIII, existían aspectos culturales muy difundidos que se utilizaban para interpretar el carácter de las personas a partir de su apa-riencia física.[15] Estas apreciaciones se popularizaron tanto a finales del siglo XVIII, que para el siglo XIX era muy normal encontrar en las novelas, el re-trato literario de los personajes en el que se señalaban aspectos de su carácter al describir las facciones; estas técnicas eran normales e iban a ser reconocidas por los lectores de la época. La voz narrativa expresa este conocimiento al se-ñalar al *«fisónomo»* como evaluador de la naturaleza moral y fisiológica de Rosaura.

El retrato de la cara de este personaje abre con rasgos neutros aunque positivos: los ojos que expresan las reacciones del ser humano por hallarse localizados en la zona afectiva de la cara manifestaban en ella un mirar franco y despejado, denotando así serenidad y humanidad (Fàbregas 1993, 142). Sin embargo, los labios, localizados en la zona instintiva de la cara, designaban aspectos de su interioridad que más tarde darían sentido a su comporta-miento. El labio inferior que expresa la sensualidad y los apetitos sexuales (véase Fàbregas 1993, 170), en Rosaura marcaba una ondulación desdeñosa,

---

15   La fisiognomía surgió de la necesidad que tuvo la medicina antigua de construir una nomenclatura para las partes del cuerpo. Ya Platón basándose en Sócrates señalaba que se debía curar el cuerpo a través del alma. Desde esa época comenzaron los tratados fisiognómicos que reclamaron poseer el método infalible para acercarse a la verdad que descubría la individualidad humana. En el Renacimiento, teóricos del arte (Marsilio Ficino y Leon Batista Alberti, entre otros) rescataron de la literatura clásica griega dos categorías principales: la *symmetría* y la *harmonía* (Stimilli 2005, 10); lo mismo hicieron con el concepto de *dys pia* (inmoderación) de Plutarco para comprender al ser humano y su individualidad; también en literatura y en pintura comenzaron a prestar atención a aspectos de la cara que le daban su peculiaridad (Petrarca, Da Vinci, etc.); mientras que a comienzos del siglo XVII, empezaron a estudiar con más cuidado los ojos (Della Porta, *De Humana Physiognomia* (1586); *Coelestis Physiognomoniae* [Nápoles, 1603]) (véase Stimilli 2005, 64-68). Diversos tratadistas y artistas centraron sus indagaciones y sus obras en rasgos de la cara; pero para que estos estudios se masificaran, se necesitó el últi-mo cuarto del siglo XVII, cuando Charles Le Brun presentó sus análisis de las expresio-nes faciales en la pintura: *Conférence sur l'expression générale et particulière* (1668) en lo que se adhirió al concepto de *decorum* (véase Percival 1999, 3). A pesar de éstos y otros escritores y artistas que desde la edad clásica habían estudiado los rasgos de la cara y del cuerpo, el nombre de Johann Casper Lavater (*Physiognomische Fragmente zur Beförderung der Menschenkenntnis und Menschenliebe* [4 vols., Leipzig, 1775-1778]) pro-pició atención popular a este tipo de estudios en toda Europa, hasta el extremo de tomar-lo como el punto de partida de estas indagaciones. En el siglo XIX, su tratado ejerció gran influencia en novelistas como Balzac, Sthendal y Dickens (véase Tytler 1982).

es decir poseía trazas de orgullo, agresividad, egoísmo, señalando que había predominio de lo instintivo sobre lo afectivo. Lo cual era corroborado con el «atrevido perfil de su nariz», palabras con las que significaba que la curvatura del puente de la nariz revelaba rigor, egocentrismo y dureza de carácter.

Este retrato literario del personaje se hace en el momento en que habla con Eduardo; de ahí que las mejillas de la joven se encendieran con la emoción lo que parecía ser expresión de «signos de candor» que se manifestaban en ella al verlo en persona. En la ficción del siglo XIX, el cuerpo declaraba lo que al sujeto no se le permitía decir, de ahí que los indicios que expresaba el semblante de la joven fueran complejos; tal vez, vergüenza, ansiedad y deseo.

El mentón arqueado significaba un temperamento apasionado y apegado a lo material con señales de orgullo y altanería (Fàbregas 1993, 181-182); mientras que el entrecejo y el cuello expresaban emociones y actitudes encontradas. Con ese retrato, la voz narrativa mostraba que el carácter moral que expondría más tarde la actuación de la protagonista, ya se explicitaba en los rasgos de la cara. Los gestos expresaban sus pasiones y las facciones inalterables destacaban su carácter moral.[16]

En la novela del siglo XIX, el espacio que circundaba a los personajes era una extensión de su carácter. La relación entre la naturaleza de esos personajes y el ambiente se hacía evidente en la manera en que se correspondían; de ahí que las irregularidades que se observaban en los rasgos de Rosaura se encontraran tanto en la soledad, la frialdad y la represión de la primera vivienda como en el desorden, la anarquía y las carencias de la casa de Loja; en ambos domicilios había desequilibrio y desarmonía a pesar de ser espacios abiertos.

La representación de Rosaura como personaje literario está íntimamente vinculada a factores históricos y culturales; fue creada para un propósito; por tanto sus rasgos deben establecer una identificación con el lector. Es decir, en su estructuración se encuentran aspectos intencionales por lo general bastante simples que se pueden decodificar

Junto a esos rasgos físicos y morales, la identidad con que se presenta a Rosaura ofrece otros aspectos que ayudan a entender algunas de las motivaciones que la llevaron a ese final trágico. La identidad se forma en un proceso de interacción con otros, con lo que hacen y con las interpretaciones culturales de estas mismas acciones. Es decir, es un constructo social en el que intervienen la influencia del medio y la capacidad de iniciativa de cada actor social en el proceso de su aceptación, reelaboración o rechazo de la identidad colectiva.

La identidad es el producto de una historia individual que surge del conjunto de las experiencias formativas de la infancia, de la historia total colectiva de la familia y de la clase (Bourdieu, 1990, 91). También, se expresa mediante una diversidad de circunstancias que son utilizadas por los actores según su propia cultura, su ubicación social y sus necesidades específicas. Estos referentes culturales y sociales desde los que operan los sujetos son predetermi-

---

16   La patognomía se encargaba del estudio de las rasgos transitorios; la fisiognomía, de las facciones inalterables y su correspondencia con el carácter moral.

nados por lo que se conoce como el «hábito» (en el sentido de Bourdieu): tendencia social que perpetúa ciertos comportamientos y costumbres sociales; de
ahí proceden las maneras de entender, juzgar y desenvolverse que surgen de
la posición específica en un espacio social concreto (véase Bourdieu 1991, 51).

Esto significa que en la representación que la voz narrativa hace, deben
entenderse cuáles fueron las características de la identidad que Rosaura recibió de su experiencia familiar, cuáles le fueron impuestas o atribuidas y
cuáles fueron voluntarias. Por esto se necesita prestar atención a las relaciones,
que ella tuvo con otros en el proceso de su formación, representadas en este
mundo ficcional; ya que este desarrollo proporcionará más elementos para
comprender el desenlace de la novela.

Antes de que el progenitor la forzara a contraer matrimonio, Rosaura
había vivido con sus padres, pero bajo la influencia benéfica de la madre hasta
los doce años de edad; a su muerte, residió con el padre durante seis años en
el campo. El progenitor, Pedro de Mendoza, era un campesino sin linaje que
se había casado con la madre de la joven por dinero y posición; situación que
la gente sabía y se lo había hecho sentir con los melindres y las muchas habladurías que se propalaron cuando había contraído matrimonio; de ahí que
exclamara: «¡cuánto mejor me hubiera estado casarme con una campesina y
trabajadora como yo!» (13). Entre ellos se había celebrado un matrimonio con
desigualdad de clases, medios económicos e instrucción. La madre poseía nobleza, riqueza (de la que ahora el padre no quería dar cuenta) y educación
(había recibido el título de normalista); además había adquirido una socialización que le permitía saber sobre sus derechos como mujer; situación que
resentía Mendoza y que los había hecho «desgraciados» –según él–; superioridad que no le perdonaba incluso después de muerta.

Esta diferencia social y cultural –como la señala la voz narrativa– se estableció simbólicamente en la mente de Rosaura cuando el padre le quitó
todos los medios que señalaban su posición social y cultural en el momento
de morir la madre; se fue haciendo cada vez más evidente con los actos del
progenitor a través del tiempo, con los que trataba de borrar por todos los
medios cualquier rasgo de autonomía y decisión que la hija pudiera haber heredado de la madre. De ahí que para controlarla le impusiera sus referentes
culturales y sociales, su «habito».

> [E]l señorío de esta jurisdicción es vizcaíno y asturiano puro, y desde
> el tiempo de nuestros antepasados ha sido costumbre tener las don
> cellas siempre en la recámara y arreglarse los matrimonios por las
> personas de consejo y de experiencia que son los padres de los con
> trayentes (12).

En el Ecuador del siglo XIX, como en los otros países de Hispanoamérica,
prevalecía una moralidad que prohibía las relaciones sexuales fuera del ma

trimonio y castigaba duramente a la mujer cuando transgredía esas normas, sometiéndola a la vergüenza y reduciendo sus posibilidades de casarse. Era una sociedad patriarcal con un doble estándar moral diferente para el hombre y para la mujer. La vida cotidiana y la familiar las decidía el hombre de acuerdo a las leyes y las costumbres, de tal forma que los hijos estaban subordinados a los padres y las mujeres a los hombres. El padre tenía la autoridad de disponer de la sexualidad de los hijos y de las hijas decidiendo con quién deberían o podían casarse. Pero dentro de este contexto patriarcal, el comportamiento parecía estar cambiando en la manera en que la educación iba llegando a algunas esferas en las que antes estaba vedada. Contra estos cambios se levantaba la tradición que reclamaba el personaje Mendoza.

Asimismo, la división del trabajo por sexo se había consolidado durante la Colonia, fortaleciéndose la doble opresión de la mujer: de sexo y de clase.[17] El machismo y la explotación económica sirvieron al sistema global de dominación patriarcal y de clase. La propiedad privada y la división del trabajo por sexo se implantaron especialmente en las clases media y alta; de ahí que las palabras del progenitor, en La emancipada adquieran gran significado: «(...) hilar y cocinar (...) es lo que deben saber las mujeres» (12). Mendoza consideraba la educación, especialmente las de las mujeres, innecesaria; además iba contra la costumbre.

La mujer en la sociedad colonial y patriarcal era calificada como un ser secundario, débil o inferior, debido a su naturaleza y a causa, entre otras cosas, de su función de procrear. Así se consolidó la ideología patriarcal acerca de las supuestas virtudes naturales de la mujer: delicada, necesitada de protección, madre ejemplar, esposa sumisa, estableciéndose una subcultura femenina de adaptación y subordinación, que reforzó el régimen del patriarcado.

Como se observa en las palabras de Mendoza hacia Rosaura, el matrimonio de la familia patriarcal representado en este ámbito ficcional paralela el del mundo real; por eso casi no confería derechos a la mujer, la cual ni siquiera podía elegir su pareja. El matrimonio era de hecho un acto ritual, sin amor ni consenso; además, el matrimonio monógamo garantizaba la descendencia y el traspaso de la herencia a los hijos legítimos, dándole continuidad

---

17   «El proceso histórico de opresión de la mujer en América Latina fue distinto al de Europa, porque en nuestro continente no se repitieron las mismas Formaciones Sociales ni se dio la familia esclavista de tipo grecorromana ni la familia de corte feudal. América Latina pasó directamente del modo de producción comunal de los pueblos agroalfareros y del modo de producción comunal-tributario de los incas y aztecas a la formación social colonial en transición a una economía primaria exportadora implantada por la invasión ibérica. Esta especificidad es olvidada frecuentemente por quienes recurren al esquema evolutivo europeo no sólo para explicar los fenómenos socioeconómicos sino también la vida cotidiana, tratando de encontrar en la Colonia un tipo de familia feudal. / La historia de la mujer en América Latina no es reductible al modelo de evolución de la mujer europea. Sólo a fines del siglo XIX y durante el XX comenzarán a presentarse más semejanzas, con la consolidación del modo de producción capitalista, dando lugar a un proceso de lucha de la mujer latinoamericana similar al europeo-norteamericano, aunque conservando sus características propias» (Vitale 1987).

al patriarcado.

De la época colonial también derivó el hecho de que lo familiar debía quedar reservado al ámbito de lo privado. Los matrimonios del sector blanco, como el representado por Rosaura y Anselmo de Aguirre, eran generalmente pactados por los padres de los novios, prevaleciendo la conveniencia económica; se fijaba una dote con el fin de garantizar un «buen matrimonio» para la hija; dote que, además, creaba de hecho una diferenciación social entre las mismas mujeres.

A pesar de las presiones que la mujer sufría, «se le concedía un derecho importante: no se le podía obligar a contraer matrimonio con una persona de su desagrado» (de la Pedraja 1984, 201); situación que corroboran las palabras que Eduardo le escribe a Rosaura: «Tú sabes bien que tu padre no puede obligarte a que te cases sin tu voluntad» (10-11); sin embargo, la situación de violencia efectiva por parte del padre y la coacción ejercida por las autoridades eclesiásticas y civiles, para confirmar o dar validez legal a las medidas represivas de los terratenientes Mendoza y Aguirre, quebrantaba las leyes, como sucedía en tantos casos de la vida real. Para evitar una queja pública de Rosaura, el padre empleó la violencia (amenaza de matar a los indígenas) para que ella aceptara el matrimonio que él había convenido con el cura y con Aguirre

Ahora, las separaciones entre las parejas españolas y criollas más acomodadas eran escasas, por cuanto había que ocultar cualquier desavenencia con el fin de mantener hacia el exterior la imagen del matrimonio indisoluble, farsa que era sufrida fundamentalmente por la mujer. De ahí que la madre de Rosaura y Mendoza continuaran un matrimonio que según este último los había hecho «desgraciados». Esa misma situación se esperaba que Rosaura hiciera al casarse con Anselmo, vivir y aceptar la situación sin quejas. Rosaura tenía dieciocho años y el padre quería que contrajera matrimonio tanto para no dar cuenta del dinero de la esposa, como posiblemente para evitar seguir sosteniendo a Rosaura, y también para acallar los comentarios de la gente por la situación de la joven, a quien ya llamaban: «la monja».

En el siglo XIX, la mujer de clases media y alta que pasaba de una cierta edad sin contraer matrimonio o sin tomar los hábitos religiosos era mal vista y estaba sujeta a burla y agresión verbal permanente. Si llegaba soltera a la edad de veinticinco años podía formalmente desempeñarse en cualquier actividad, pero en realidad no era una situación de hecho, ya que era discriminada, se le limitaban casi por completo los trabajos y terminaba refugiándose en el hogar de los padres o en el de algún familiar para cuidar los hijos de la familia o los ancianos.

Además, la sexualidad sólo era permitida en el matrimonio, pero a medias, siempre y cuando se realizara en función de la procreación, es decir, de la supervivencia de la especie. Basados en el criterio de que el matrimonio es sólo para la procreación, los españoles trataban de casarse con adolescentes, porque mientras más jóvenes fueran las mujeres, mayor era el tiempo disponible para aumentar la descendencia. El derecho civil y canónico llegó a autorizar el casamiento a las niñas de doce años. De ahí la frecuencia de uniones entre hombres de más de cincuenta años con jóvenes quinceañeras, obligadas a casarse por la fuerza y la imposición de los padres; como sucedía con Rosaura forzada al matrimonio con Aguirre, hombre «como de cuarenta años», quien la doblaba en edad. Por todas estas razones, Mendoza se amparó en la coacción como autoridad ejercida por costumbre para obligarla a obedecerlo y, así, conseguir sus fines.

Durante los primeros doce años de vida, Rosaura había recibido seguridad de su progenitora, pero también concepciones ambivalentes sobre el comportamiento humano provenientes del padre. En ese transcurso de tiempo como lo revelan las ideas explicitadas en el borrador Nº 2 de la carta de Rosaura que la voz narrativa deja conocer en el capítulo VII, se observan las influencias y el papel que desempeñaron los padres como agentes socializadores y como guías culturales en el desarrollo de la formación de la joven; ellos fueron los más importantes portadores del conocimiento y especialmente de los valores[18] en su formación. Porque los conceptos de «bueno», «correcto», «obligatorio», «malo», etc., que posteriormente influyen en las decisiones de los seres son gradualmente establecidos por los adultos en los niños cuando les enfatizan esas dimensiones de las situaciones que son importantes para que ellos entiendan, a medida que construyen culturalmente un conocimiento moral apropiado (véase Edwards 1990, 123).

De la madre recibió: la comprensión y la bondad; entendió lo bueno en diversos aspectos y aprendió el respeto, la tolerancia, la honestidad, la lealtad, la responsabilidad. Sin embargo, en el padre observó: la negligencia, el engaño, la agresividad y aprendió el temor, la desigualdad, la desconfianza, la escasa comunicación, la ausencia de sentimientos sinceros y mutuos, el egoísmo, la ausencia de sentido, el individualismo, etc., porque era un ser enajenado, alejado de los ideales, desmoralizador, que con facilidad estallaba con violencia y despotismo y subyugaba a sus semejantes. Esas dos posturas tan encontradas marcaron su existencia de tal forma que adscribió los comportamientos sociales de otros con los dos polos de conducta con los que había crecido.

Ahora, para aportar otra información que permita entender el proceso que siguió la existencia de Rosaura, las técnicas realistas de *La emancipada*

---

18   «Todos los grupos culturales tienen valores que se pueden diferenciar en por los menos cuatro dominios: la moralidad (lo que se debe hacer para ser una persona buena o virtuosa); la prudencia (lo que se debe hacer para promover y proteger el interés propio); la estética (lo que se debe hacer para proteger y promover la belleza del ambiente); y lo espiritual o religioso (lo que lo que se debe hacer a causa del orden sobrenatural del ser y de la existencia). El dominio de lo moral se divide en dos subdominios separados; lo moral propiamente (centrado en cuestiones de justicia, daño y bienestar) y las convenciones sociales que tienen que ver con la etiqueta y otras reglas reguladoras» (véase Edwards 1990, 124).

muestran: memorias, cartas, diarios y notas producidas en ese mundo ficcional. Estrategias de escritura emitidas o recibidas por Eduardo y por Rosaura, que contribuyen a la configuración del mundo referido en la novela;
por tanto explicitan información particular verosímil más detallada que
permite una comprensión más cercana de ese mundo representado.

La escritura como destreza lingüística es una habilidad de difícil adqui-
sición, con ella se deja constancia de hechos, se completan circunstancias o se
desarrollan ideas y argumentos; es parte esencial del proceso de comunicación
por ser fuente de poder y como una forma de obtener conocimiento. Su
empleo produce efectos mentales y sociales; puesto que facilita la divulgación
de ideas y genera el intercambio de opiniones y, con esto, de consecuencias.

En *La emancipada*, las formas de grafía explicitadas en diversos géneros
escriturales dentro del mundo ficcional son un medio y un fin para los personajes. Como medio se emplean para observar, afirmar, anunciar, prevenir,
exponer, divulgar y explicitar; mientras que como fin, su uso sirve para instar,
comprometer, criticar, censurar, dictaminar, corregir, condenar y aniquilar.
Basándose en la memoria cultural, Riofrío adoptó estas estrategias discursivas
verosímiles y plausibles que sabía que serían comprendidas por los lectores
de su época, a los que quería no sólo impresionar, sino llegar a hacer comprender e incidir en su comportamiento social, con el valor moral y la seriedad
de su mundo de ficción.

Como bien se sabe, en las sociedades tradicionales los intereses de grupos
dominantes impidieron consuetudinariamente, a los no aceptados, el aprendizaje de la escritura y la tecnología que ésta conllevaba; además, al existir intereses que imposibilitaban o dificultaban su difusión, esta tecnología era difícil de que se divulgara entre las mujeres; ya que era consustancial a muchas
culturas, el que la necesidad de educación del hombre nunca fuera pareja con
la de la mujer. De ahí, que en las sociedades occidentales, cuando comenzó a
generalizarse la instrucción para las jóvenes se dio con una diferencia en los
contenidos de la enseñanza hasta ya el siglo XX, destinándoselas a aprender
conocimientos políticamente neutros: caligrafía, música, canto, poesía, dibujo.

> Las estrategias educativas (...) son estrategias de inversión a muy
> largo plazo que no necesariamente son percibidas como tales y no
> se reducen, como lo cree la «economía del capital humano», solo a
> su dimensión económica, o incluso monetaria: en efecto, ellas
> tienden, antes que todo, a producir los agentes sociales dignos y ca-
> paces de recibir la herencia del grupo, es decir de transmitirla en
> su momento al grupo. Es el caso específico de las estrategias «éticas»
> que buscan inculcar la sumisión del individuo y de sus intereses al
> grupo y a sus intereses superiores, y que por ese hecho, cumplen una
> función fundamental asegurando la reproducción de la familia que
> es ella misma el «sujeto» de las estrategias de reproducción

(Bourdieu 2002, 6).

Por eso, en este mundo ficcional, la escritura como tecnología para abordar tareas culturales e intelectuales complejas es un papel social relegado a los miembros de un grupo privilegiado masculino, que al utilizar diversas técnicas retóricas y estilísticas pueden estructurar sus mensajes con fórmulas al parecer neutras para impulsar y cambiar conductas, y así, producir efectos deseados.

En la representación de *La emancipada*, no bien se presentan en escena Rosaura y Eduardo, se marca la diferencia de educación recibida entre ellos: «él había estudiado las materias de enseñanza secundaria en la ciudad más cercana a la parroquia» y «después de terminado el curso de artes, había pasado a hacer sus estudios profesionales en la Capital y había estudiado con todo tesón necesario para recibir la borla» (4); es decir, se había graduado de abogado. Mientras que ella, apenas había recibido lecciones de su madre, quien a su vez las había obtenido «de un religioso ilustrado, llamado padre Mora» (6); educación que había cesado abruptamente, cuando a la semana de muerta la madre, el progenitor recogió todo lo que la esposa había empleado para educar a su hija: libros, papel, pizarra, plumas, vihuela y pinceles y los «fue a depositar en el convento» (6).

La disparidad de habilidades y de conocimientos entre los dos jóvenes es evidente. Eduardo poseía una alfabetización muy alta adquirida en periodos amplios de instrucción sistemática; mientras que la instrucción de Rosaura sólo había llegado hasta los doce años de edad; ella apenas había alcanzado a obtener de la madre una alfabetización funcional, que la había capacitado para ejercer la expresión escrita, pero carente de todo ornato, artificio y técnica. Los procesos sociales de ambos para el acceso a la cultura escrita habían sido diferentes; para ella, habían sido incipientes y habían cesado muy pronto; mientras que para él, las oportunidades proporcionadas por el ambiente sociocultural, le permitían una mejor participación en las actividades sociales, gracias a la construcción del conocimiento que había adquirido y perfeccionado en los claustros (escuela, colegio y universidad) donde había estudiado y de donde se había graduado.

No obstante, la breve transmisión de conocimientos que había efectuado la progenitora de Rosaura había sido positiva; ya que, a pesar de los seis años transcurridos desde su muerte y del encierro en que se hallaba la hija, ésta continuaba ejercitando aspectos de lo aprendido y los utilizaba para escribir y construir sus memorias; rudimentaria actividad escritural que ejecutaba desde su particular conocimiento y saber, donde empleaba las rústicas herramientas culturales que había adquirido. De esta manera, intervenía unilateralmente en una situación de comunicación; escritura que al ser descifrada posteriormente, bien por haber llegado al destinatario elegido o por alguien más, podría concluir el proceso y, así, convertirse en un documento de información e intervenir en una actividad social. De ahí que, Rosaura buscara dejar constancia, ya no sólo de los recuerdos más significativos, sino de los hechos a su alrededor percibidos como dignos de rememorar y guardar.

Escritura sistemática de huellas de memorias, que efectuaba, siempre teniendo en cuenta que la destinaba para Eduardo, a quien amaba, y quien lo sabía; ya que ella se lo había expresado ante el temor de perderlo por causa de su progenitor: «es un amor vivo que hace esperar, soñar y estremecerse...» (8); de la misma manera que él, poco antes ya le había asegurado: «que dos almas que se amen como yo te amo lleguen a desunirse, eso no» (7). Es decir, entre ellos en ese momento existe un amor que es correspondido por el otro y que tiene una fuerte activación emocional en Rosaura.

Ahora, las *memorias*, como género de escritura, hacen referencia a la calidad del autor de ser testigo de hechos y situaciones donde lo externo prima sobre lo personal. Por lo general, en ellas se describe cronológicamente una fase de la vida sea pública o privada, mediante relatos que se basan en recuerdos y evocaciones de hechos anecdóticos, los cuales cumplen una función a la vez histórica y referencial, y biográfica y literaria. De ahí que, en las novelas, los textos memoriales apoyen y aclaren aspectos de lo relatado (véase: Puertas Moya, 517-524), como sucede en *La emancipada*.

Con la decisión de plasmar en sus memorias diversos recuerdos para conservarlos para un futuro; Rosaura estaba consciente de que su escritura tenía entre otras funciones comunicativas: observar, informar, divulgar, exponer; además de evocar; puesto que conocía su posición familiar insegura y hasta arriesgada, porque el progenitor no quería que se conocieran «algunos secretos» (8).Pocos días después del encuentro de los jóvenes, la percepción de Rosaura se hizo realidad; por lo cual, se vio compelida por las circunstancias a enfrentarse al padre y a las autoridades religiosas y civiles de la localidad, quienes de común acuerdo para garantizar lo que deseaban, la forzaron a contraer matrimonio contra su voluntad, con un desconocido hombre mayor escogido para ella, por el cura del lugar a pedido del progenitor, quien como ya se vio, intentaba ocultar que había gastado la herencia de su hija; y ahora esperaba incrementar el capital que poseía solidificándolo con el matrimonio arreglado de la joven.[19]

Esta circunstancia impulsó otra forma de escritura como medio de comunicación diferida para suplir la imposibilidad de información directa en el mundo ficcional; actividad escritural que se manifestó por medio de cartas que se cruzaron primero, entre un amigo y Eduardo y, luego, entre éste y Rosaura.

---

[19]   Este tipo de violencia simbólica tradicionalmente empleada se ha explicado de la siguiente manera: «Si las estrategias matrimoniales ocupan un lugar tan importante en el sistema de estrategias de reproducción, es porque, (...) el vínculo matrimonial aparece como uno de los instrumentos más seguros que se encuentran propuestos, en la mayoría de las sociedades (y todavía en las sociedades contemporáneas), para asegurar la reproducción del capital social y del capital simbólico, salvaguardando el capital económico» (Bourdieu 2002, 12).

Como discurso cultural, la *carta* proporciona un conocimiento extra e intertextual, que no pertenece al rango de potenciales verdades aportadas por los lectores a ese mundo de ficción en el momento de la lectura, sino a la misma narración. Como modelo discursivo, además, activa el conocimiento dentro del mundo de ficción; ya que su uso radica en una técnica narrativa adaptada del contexto social y su efecto depende de los modelos de discurso social que funcionan como una forma de memoria cultural que se opone a convenciones puramente literarias.

Uno de los rasgos definitorios en el discurso epistolar es su papel modelizador, marcado por la deixis, debido a que el enunciador se identifica o se desmarca emotivamente de la realidad circundante mediante las unidades deícticas: yo-aquí-ahora, de suerte que éstas revelan la mayor o la menor implicación emocional del hablante en lo enunciado; opuestas al del receptor (narratario, en este caso), cuyos deícticos incluyen entre otros: tú-allá, después.

La carta (algunas veces secciones determinadas) ordinariamente está(n) fechada(s) o puede(n) fecharse al tener en cuenta su texto y su contexto. La fecha no sólo es parte del cuerpo de la carta (lo que permite que el destinatario o el lector pueda comparar los datos de la misiva con el conocimiento relevante que posee). Las cartas sin importar que tengan los mismos dos destinatarios recíprocos, siempre transmiten información discontinua, fragmentada y multidireccional, porque las circunstancias de sus receptores varían día a día. Además, es difícil saber hasta qué punto una carta depende de otras para su legibilidad y para la transmisión de su información; ya que por lo general, las cartas y sus fechas forman unidades independientes (véanse: Altman 1986, Porter 1986 y Showalter Jr. 1986).

Las cartas también proporcionan información personal y a veces confidencial sobre acontecimientos individuales o de algún grupo; asimismo revelan aspectos de la personalidad de los autores, permanecen, están ahí; cada vez que se descifra su contenido vuelven a comunicar lo que su autor envió.[20] «El primer beneficio, la primera claridad, la primera caridad de una carta, es para quien la escribe, y él es el primer enterado de lo que quiere decir por ser él mismo el primero a quien se lo dice. Entre renglones, comienza a surgir su propia imagen, el doble inequívoco de un momento de su vida interior» (Gay, 168).

Ahora, en *La emancipada*, la misiva intercambiada, en la madrugada del 2 de enero, entre el amigo y Eduardo explicita una situación particular. Ellos pertenecían al grupo privilegiado masculino, de cierta posición social, que aprendía saberes y recibía conocimientos impartidos; ya no sólo en familia, proveniente del padre o de tutores, sino en instituciones como el colegio y la universidad, donde habían adquirido instrucción y habían profundizado en niveles más altos de estructuración y manejo de la escritura, como la retórica y la gramática, que les permitía la apropiación, la participación y el acceso directo al control de este saber. Para ellos, esa carta exponía el entendimiento de

---

20   Para un estudio acerca de la carta ficticia, véase: Rodríguez-Arenas 2007, 189-208.

que el mensaje era secreto y por tanto debía permanecer privado; ya que si el contenido llegara a otras manos diferentes a las destinadas sería inseguro o hasta peligroso para los involucrados. El empleo de la carta en esta forma expone la clara realización cultural de que diversos aspectos públicos, circunstancias privadas, sucesos de la vida social y de la vida doméstica involucran elementos encubiertos que al conocerse pueden desencadenar consecuencias.

En la carta intercambiada entre el amigo y Eduardo se reitera lo que la voz narrativa omnisciente había presentado anteriormente; Rosaura como mujer blanca, distinguida por su clase dentro de la sociedad, estaba oprimida. Mantenida en la ignorancia y el aislamiento desde la muerte de su madre, era excluida por su padre de la actividad productora y política. Considerada como propiedad de los hombres:[21] el progenitor, el sacerdote, el teniente político y el futuro esposo impuesto, y juzgada como un ser inferior y carente de educación, estaba destinada a obedecer y a procrear hijos, como lo prescribía la Iglesia; siempre constreñida a las tareas hogareñas, que menoscababan el ejercicio social e individual de sus facultades creadoras y aseguraban que su subordinación continuara.

La siguiente carta que se representa en este universo novelístico, la escribe Eduardo poco después de haber recibido la del amigo. Esta vez el destinatario es Rosaura:

> Tú sabes bien que tu padre no puede obligarte a que te cases sin tu voluntad. Yo aguardaré los tres años que te faltan para ser libre, o pediremos las licencias en los términos que nos permite la ley. // (...) tu corazón y el mío han sido creados para amarse eternamente. (...) *Vence tú en lo que a ti sola corresponde*: piensa que tu madre habría bendecido nuestra unión, y este pensamiento dará vigor a tus esfuerzos: *piensa que con pocos días de una resolución enérgica y perseverante aseguras la libertad de tu vida entera*. // Dime alguna palabra: haz algún signo que yo pueda comprender cuando necesites de mi auxilio. Yo estaré siempre en las inmediaciones de tu casa: día y noche me tendrás a tu disposición para luchar como atleta si te amenaza algún peligro. (...) Desde ese día estaré cerca de ti para atender a la menor indicación. (...) Bendeciría mi hora postrera si consiguiese ex-

---

21 Bourdieu explica la dominación masculina en las sociedades: «La fuerza del orden masculino se descubre en el hecho de que prescinde de cualquier justificación: la visión androcéntrica se impone como neutra y no siente la necesidad de enunciarse en unos discursos capaces de legitimarla. El orden social funciona como una inmensa máquina simbólica que tiende a ratificar la dominación masculina en la que se apoya: es la división sexual del trabajo, distribución muy estricta de las actividades asignadas a cada uno de los dos sexos, de su espacio, su momento, sus instrumentos (...). / El mundo social construye el cuerpo como realidad sexuada y como depositario de principios de visión y de división sexuantes. El programa social de percepción incorporado se aplica a todas las cosas del mundo, y en primer lugar al *cuerpo en sí*, en su realidad biológica: es el que construye la diferencia entre los sexos biológicos de acuerdo con los principios de una visión mítica del mundo arraigada en la relación arbitraria de dominación de los hombres sobre las mujeres, inscrita a su vez, junto con la división del trabajo, en la realidad del orden social» (2000, 22-24).

pirar sacrificándome por ti. (10-11) [Énfasis agregado].

En el fragmento destacado se observa que la carta puede realizar distintos tipos de acciones; en este caso existe la necesidad de transmisión a distancia, de reiteración y de preservación de las ideas y de los sentimientos de Eduardo hacia Rosaura al estar separados por el espacio y el tiempo. Es una comunicación privada que posee marcas fuertemente estructuradas sobre las intenciones del emisor: éste informa, afirma, ofrece, exhorta, confirma y enfatiza situaciones, tal vez ya habladas y establecidas entre ellos en el pasado. El objetivo de la escritura es ejercer influencia en el comportamiento de Rosaura, guiándola mediante proposiciones fuertemente arraigadas en la sociedad. De la misma manera en que la había presionado antes para restablecer su control sobre ella, cuando él había llegado de la capital, al decirle: «que dos almas que se amen como yo te amo lleguen a desunirse, eso no, Rosaura; si así lo piensas, tú no me amas» (7).

Como bien se sabe, existen cuatro formas básicas por las cuales los miembros de una sociedad aprenden modalidades apropiadas de conducta: la asociación, la imitación, la comunicación y la persuasión (véase: Reardon 1983). Al mismo tiempo, se han propuesto 4 tipos bastante amplios y básicos de discurso: el narrativo, el expositivo, el de comportamiento, y el de procedimiento (véase: Longacre 1983, 3-10). Los discursos de comportamiento incluyen las alabanzas, las promesas, y cualquier tipo de discurso exhortatorio, como los sermones, los consejos, los ruegos, etc.; también, cualquier discurso destinado a cambiar o modificar la conducta, las escogencias y las creencias.[22] El discurso de comportamiento es el componente lingüístico primario de control social. Éste emplea la argumentación, cuya función principal es evidenciar (fuerza ilocutiva), para persuadir (fuerza perlocutiva);[23] a este tipo de discurso se lo denomina normativo.

Eduardo emplea abiertamente en su carta muchos de estos aspectos; su escritura tiene la finalidad de persuadir para mover a la acción; de ahí que

---

22   «A la hegemonía de uno u otro de los factores que influyen en las decisiones y comportamientos, los razonamientos y las emociones, le corresponden dos grandes vías de comunicación persuasiva, la vía racional y la emotiva, que se caracterizan a su vez por el uso preferente de uno de los dos tipos de pensamiento, el primario y el secundario, el lógico y el asociativo. /// La vía racional, que se rige por el pensamiento lógico, actúa por argumentación. Va de causa a efecto o de efecto a causa. La vía emotiva, que se rige por el pensamiento asociativo, obedece a otros parámetros: no actúa por argumentación sino por transferencia. Actúa por simple contigüidad, por proximidad, por similitud, por simultaneidad, por asociación emotiva o simbólica» (Ferrés 1996, 68)

23   Austin especifica que existen diversos actos de habla; así distingue entre: acto locucionario (el que se realiza por el hecho de decir algo con un cierto sentido y referencia), acto ilocucionario (el que se lleva a cabo al decir algo; tiene fuerza ilocucionaria) y acto perlocucionario (el que tiene lugar por haber dicho algo; tiene el propósito de producir efectos) (1962). Mientras que Searle precisa que los actos ilocutivos pueden ser: 1) asertivos (comprometer al hablante con la verdad de la proposición expresada [afirmar, anunciar, predecir, insistir]). 2. directivos (intentar hacer algo por el oyente [preguntar, prohibir, pedir, recomendar, exigir, encargar, ordenar]). 3. compromisorios (comprometer al hablante con el futuro curso de una acción [ofrecer, prometer, jurar]). 4. expresivos (exponer el estado psicológico [pedir perdón, perdonar, agradecer]). 5. declarativos (provocar un cambio en el mundo por medio de ellos [sentenciar, bautizar, vetar, levantar una sesión...]) (1969).

utilice en ella elementos sociales importantes que maneja abiertamente en sus estudios de abogado; así, argumenta aportando pruebas lógicas, hechos y testimonios para convencer a Rosaura, basándose en su conocimiento de las leyes sobre el matrimonio y la mayoría de edad; ya que la Constitución del Ecuador de 1830 decretaba que la mayoría de edad se adquiría a los veintidós años o por el matrimonio si no se poseían las otras condiciones. A estas pruebas, Eduardo une otras psicológicas para emocionarla; emplea la vía emotiva; de ahí que le recuerde los sentimientos que existen entre ellos y le reafirme las promesas de amor eterno y apoyo total, incluso a riesgo de la vida, en cualquier momento.

Las técnicas que se observan en la carta de Eduardo tienen la finalidad de mover a Rosaura a la acción, guiada por los deseos del joven, quien al poseer una competencia superior,   gracias al conocimiento aprendido, estructurado y reafirmado en sus clases   ha organizado su escrito con estrategias discursivas, en las que priman las razones probantes: «no puede obligarte», «yo aguardaré», «pediremos las licencias», «no te ama, pues ni siquiera te conoce», [tú y yo] «amar(nos) eternamente», «Vence tú en lo que a ti sola corresponde», «con (...) una resolución enérgica y perseverante aseguras la libertad de tu vida entera», «estaré siempre en las inmediaciones de tu casa», «me tendrás a tu disposición para luchar como atleta si te amenaza algún peligro», «estaré cerca de ti para atender a la menor indicación», «nuestro amor», «Bendeciría mi hora postrera si consiguiese expirar sacrificándome por ti» (11). Eduardo emplea abundantemente en su argumentación un uso emotivo del lenguaje; es un uso retórico con una estrategia adecuada: la reiteración, con la cual administra las razones probantes (vease: Berrio, 1983).

La intencionalidad de todos estos enunciados es evidente; Eduardo quiere persuadir abiertamente a Rosaura para que haga lo que él desea; empleando en algunos de sus argumentos afirmaciones y razonamientos basados en la verosimilitud (no en la certeza) como criterio de verdad: 'durante años has contado conmigo, y siempre podrás hacerlo'. Sin embargo, él no sólo le recuerda hechos y situaciones del pasado (atracción, compañía, ilusiones, amor por temporadas) y le refuerza el conocimiento sobre su posición como ser social ('yo te ayudaré', 'te protegeré', 'no te abandonaré', 'cuenta conmigo siempre', etc.), sino que también introduce ideas y siembra reacciones en la mente de su receptora, cuando le dice: «piensa que con pocos días de una resolución enérgica y perseverante aseguras la libertad de tu vida entera» (11). Con esta serie de declaraciones e implicaciones, Eduardo aporta cualidades convincentes a sus argumentos, refuerza su credibilidad ante la joven y sella sus enunciados mediante el empleo de la condición emocional en sus palabras; de esta manera, intensifica la persuasión (véase: Larson 1992, 15), creando la posibilidad casi tangible en la mente de Rosaura de que el mundo que ahora la constriñe y la usa como objeto económico intercambiable puede modificarse si ella toma una «resolución enérgica y perseverante».

Con estas ideas en mente, completamente convencida, sintiéndose apoyada, amada, amparada y defendida por Eduardo, la joven trata de persuadir a su padre para que desista de casarla con alguien a quien no conoce o si no, que le permita ingresar a un convento: «sólo entre Dios y Eduardo me es lícito escoger esposo» (14); pero el resultado es la vil manera que utiliza el progenitor para obligarla a aceptar el matrimonio cuando emplea la violencia contra otros, golpeando a un indígena que está cerca y, luego, amenaza matar a garrotazos a la pequeña hija de éste.

Como resultado de esa violencia y coerción ejercida por el progenitor de la joven, Eduardo recibe, al respaldo de la carta que Pedro de Mendoza escribe y hace firmar a Rosaura, la siguiente *nota* de ella, escrita con gran premura y agitación: «Han ocurrido cosas que me han despechado y he resuelto dar una campanada. Te juro que no seré de don Anselmo, vete a la ciudad antes del 6» (17).

El sentido de esta breve nota va más allá de lo comunicativo como intercambio entre un emisor y un destinatario; ya que explicita la necesidad estructural de asumir interiormente el eje comunicativo; es decir, en la inscripción de las pocas palabras de este apunte no se puede dejar de lado el aspecto interaccional que incluye en su interior: el intercambio epistolar emanado de Eduardo y que fue causa de la escritura. En ese proceso, las ideas expuestas e implantadas anteriormente en el intercambio actúan como detonador de una situación que parece incongruente o intempestiva; pero que en realidad fue generada y estimulada por la carta anterior, en donde Eduardo introduce y fija la idea de «actuar enérgicamente para asegurar la libertad de la vida entera» en la mente de Rosaura. Bien se sabe que «una sola palabra puede en una fracción de segundo activar y dar vida a toda una red de imágenes, de ideas y de emociones asociadas a ambas» (Simón, 207). La reacción y el comportamiento de la joven ante su matrimonio y ante las autoridades son simplemente una consecuencia de la dirección y de las intenciones de Eduardo.

El contenido de la escritura de la nota muestra directamente la concentración de la atención de Rosaura en las indicaciones de su amado y su total convencimiento de que lo que él expresa con ellas es sincero y real. Por eso, ella, arriesgando su seguridad y queriendo mantenerlo informado, le avisa en ese lacónico y subrepticio mensaje escrito a vuela pluma, que sintiéndose completamente segura y protegida por sus palabras, seguirá su consejo y actuará enérgicamente, para garantizar su vida posterior con Eduardo; porque él, como conocedor de las leyes sociales y legales, obtendrá «las licencias en los términos que permite la ley» y, como abogado sabrá y podrá solucionar o anular problemas que ella se haya acarreado con sus acciones.

Por la premura de tiempo, lo peligroso de la situación, la manera furtiva de la escritura y la carencia de práctica, Rosaura no puede expresarse mejor y expandir sus ideas; pero aún así, todas sus reacciones y pensamientos son para Eduardo; de ahí que para posiblemente evitarle contratiempos y protegerlo, quizá de la cárcel o de un mal mayor, le comunica en forma abreviada la situación y le indica que salga de la ciudad (no que la abandone). La escritura de esta breve nota es familiar, remite a la esfera de lo íntimo, de lo doméstico y de lo perteneciente a la amistad cercana; carece de estructura, tanto por falta de tiempo, como por ausencia de técnica.

A pesar de haber recibido la nota de Rosaura, Eduardo es incapaz de reflexionar sobre lo que no se relacione con él mismo; todos sus pensamientos giran alrededor de sí mismo, de lo que siente, de lo que cree que le han hecho; se conduele de que sus privilegios y poder sobre Rosaura se hayan frustrado; compungido, no sabe qué hacer:

> ¿si seré *yo* el causante de las desgracias...? Mas *yo* le supliqué que *me* llamara y ella *me* dice: vete a la ciudad. Luego *me* dice que va a dar una campanada: este anuncio *me* horroriza... (...) Ella *me* jura que no será de don Anselmo, y parece que nada han valido ante sus ojos *mi adoración de seis años*, *mi abnegación* a todo encanto que no fuera el de sus gracias, y *mi constante padecer durante una ausencia que me parecía de siglos: el término de mis esperanzas y de mi fe*.
> (...) No pudiendo deliberar por sí solo, reunió a los mejores de sus amigos y les habló con voz de agonizante (...) (19-20) [Énfasis agregado].

La deixis de la primera parte del anterior fragmento habla por sí sola. Los pronombres personales y de complementos se centran en la primera persona, la señalan: Eduardo. Éste, como entidad psicológica, reacciona y piensa relacionando las situaciones con él mismo, focaliza la narración en sí mismo; de esta manera, proporciona información sobre su estado interno: sentimientos, pensamientos y juicios. Antepone su conveniencia, duda de las palabras de Rosaura, y se conduele de lo poco, según él, que han valido sus actos de seis años: su 'adoración', su 'abnegación', su 'constante padecer'; de esta manera, muestra no sólo su egoísmo, sino el egocentrismo[24] que lo caracteriza; de ahí que la situación que se ha presentado sea desde su perspectiva: 'el término de sus esperanzas y de su fe'. Las emociones y reacciones que se explicitan en la primera parte del fragmento, las formas de interiorizar, individualizar y encarar la situación indican un carácter particular en Eduardo y un sentido individual de su propio valor.

A pesar de que pertenece a la parte de la comunidad con poder dentro de esa sociedad patriarcal, la capacidad de Eduardo de asumir los roles de su género no está muy desarrollada o no es muy estable; de ahí que demuestre diversas emociones, necesidades y posibilidades que explicitan su vacilante autocontrol y, por tanto, su carencia de enfrentamiento y de intento de dominio de otros más fuertes que él y con mayor autoridad; por eso busca la for-

---

24 Egocentrismo: «situación de un sujeto que considera el mundo sólo desde su punto de vista» (Bloch, et.al. 266).

taleza, la decisión, el poder, el apoyo y el consenso del grupo.

Ya con sus amigos, ellos conocen la situación, se interesan, averiguan y disponen el curso de acción: «nada se podría hacer hasta el día de la ceremonia, prometiendo estar atentos a la más mínima circunstancia que ocurriese» (20). Así, Eduardo no actúa, a pesar de todas las promesas que le efectuara a Rosaura sobre su protección y apoyo. Además, las acciones de él y las actividades de los amigos denotan relaciones de poder entre el grupo; dentro de éste, Eduardo tiene poco poder; puesto que una nota escrita velozmente y los consejos de sus confidentes determinan sus actos, su posterior falta de acción, su abandono y su silencio.

De esta manera, Eduardo que aparecía como vehemente, decidido, amoroso, dedicado y protector, no cumple lo que le prometiera a Rosaura, ya que, a sólo 4 días de haberle jurado amor eterno, amparo total y afirmar defenderla aún a costa de su propia vida, desaparece del lugar, dejándola sola y a merced de un cruel destino social, en una comunidad patriarcal que considera que el único porvenir posible para la mujer se halla entre el matrimonio, el convento o la prostitución; porque ve el trabajo de la mujer como una desgracia, algo que insulta su orgullo y, sobre todo, el de sus parientes hombres. Solamente la mujer «cualquiera» trabaja fuera de la casa para ganarse el sustento, mientras que las mujeres «respetables» permanecen en el hogar.

Las reacciones de Eduardo, su postura de 'víctima' y su consecutiva ausencia muestran que la intención de la escritura de la carta, que le dirigiera a Rosaura en la madrugada del 2 de enero, era la de proyectar una situación posible e ideal para él; pero cuando no sucedió en la realidad lo que él había deseado e imaginado, ese escenario perdió validez en su mente e inmediatamente lo sustituyó por inferencias, dudas y resoluciones imprevistas y nunca advertidas por Rosaura. Esas deducciones generaron en Eduardo emociones, valores, cursos de acción, evaluación de las consecuencias de esas acciones, ausencias de explicaciones y carencia total de comunicación con Rosaura sobre las decisiones y las repercusiones.

Así, Eduardo modificó y finalmente invalidó los sentimientos expresados y las intenciones enunciadas en esa carta. La falta de comunicación de él hacia Rosaura, señala la manera en que dispone de la vida de ella, primero incitándola a rebelarse y después abandonándola a una suerte provocada y diseñada por él. Este brusco cambio masculino, manipula y destruye a la joven, ya que las promesas de estar con ella, apoyarla y protegerla física, emocional y legalmente quedan sin valor; palabras presentadas como verdaderas; pero que en un lapso muy corto de tiempo resultan falaces.

Esta actuación de Eduardo también indica que el amor que decía sentir por ella no era fuerte como decían sus palabras; es lo que se conoce en psicología como amor-pasión: hedonista y temporal.

[E]l amor pasión es mucho más frágil, puede nacer súbitamente y morir con la misma celeridad, y lucha contra el tiempo. Y ello ocurre sencillamente porque el tiempo hace que entren en acción las gratificaciones reales, lo que el otro realmente es, y no las imaginarias, no la idealización. (...) No se puede vivir durante mucho tiempo de un ideal elaborado en la fantasía durante la etapa (necesaria tal vez) del amor apasionado. (...) De modo que, parafraseando el refrán, al igual que «el amor hace que el tiempo pase», no menos cierto resulta que «el tiempo hace que el amor pase». Porque como parecen haber demostrado algunos investigadores el «amor eterno» dura de promedio tres años y unos meses (Sangrador 184).

Además, la ética que expone Eduardo está impulsada por la indecisión, la duda y el sentirse víctima. Ante el primer contratiempo, se quita la máscara con la que se ha presentado hasta ese momento, expresa emociones que en instantes se sienten exageradas, pero que descubren sus verdaderas características, dejando ver que sus promesas estaban basadas en quimeras; de esta manera expone dos niveles de intencionalidad: una escondida que es real, que controla sus acciones y que le permite abandonar sin remordimiento a la joven a su suerte, pocas horas después; y otra que transmite mediante sus palabras, que es voluble y por tanto deceptoria y que emplea para convencer y hacer actuar a Rosaura, joven sin ninguna protección familiar ni económica, para que presente oposición ante cada uno de los miembros de la sociedad patriarcal: padre (familia), sacerdote (iglesia), teniente político (policía), brazos de un Estado, que como institución legitima y difunde la ideología de la clase dominante:

> El Estado, gestado desde la revolución anticolonial, permitió a la clase privilegiada criolla dictar leyes, imponer una política educacional y difundir una ideología destinada a retroalimentar la subordinación de la mujer. Basta una lectura de los decretos decimonónicos sobre el matrimonio, la familia, la herencia, la llamada patria potestad, la educación, etc., para darse cuenta de que este Estado, aún débil pero existente, fue el encargado de institucionalizar la opresión femenina y reafirmar el patriarcado (Vitale, cap. v, 1987).

Al sentirse defendida y apoyada por su amado, Rosaura pone en práctica la «resolución enérgica y perseverante» (11), a que la exhortara Eduardo, para proteger su futuro mutuo; de esta manera su determinación se pinta en su semblante cuando va forzada a la Iglesia a contraer matrimonio:

> [S]e presentó algo que parecía una visión beatífica: era Rosaura con las nupciales vestiduras. Al tocar en el umbral levantó su velo como si le estorbase, y quedó en pública exposición un rostro que no era ya el de la virgen tímida y modesta que antes se había visto rara vez y con gran dificultad. Rosaura mostraba en ese instante no sé que de la extraña audacia que se revela en los retratos de Lord Byron.

Podía decirse que ya su alma era de pólvora y que bien pronto iba a hacer una explosión (22).

La resolución que ya había tomado Rosaura, surgida de lo que creía amor y apoyo de Eduardo, se vio refrendada por las palabras y la actitud de los amigos de éste, cuando:

[D]ijo un joven al oído de la novia: Estamos armados y venimos de parte de Eduardo a ponernos a las órdenes de usted.
—¡Gracias!– Respondió Rosaura y se encaminó al templo en medio del gentío (22).

Poco después, los mismos amigos contribuyeron a que Rosaura adoptara la actitud atrevida y desafiante que presentó tanto ante su padre como ante todas las autoridades eclesiásticas y civiles que la increparon y la enfrentaron cuando: «le dieron pistolas cargadas y estaba muy resuelta» (24). Lo que no pudo prever Rosaura era que Eduardo la dejara sola, a merced de «sus jóvenes amigos», quienes en sus momentos se veían «vivamente interesados por la suerte de ambas víctimas» (20); pero que muy poco después la lanzaron «a la corriente de las aventuras» (30).

Este desamparo y la ausencia de Eduardo le causaron a Rosaura desilusión y desencanto; la contundencia de la situación real la decepcionó y le ocasionó desesperación, originándole una aflicción intensa que hizo surgir en ella la desesperanza porque quedó totalmente abandonada; puesto que no podía recibir ayuda o recursos de nadie en quien ella pudiera confiar. De esta manera, quedó indefensa y en estado de abandono, soledad, orfandad y desvalimiento.

Ella había actuado tal vez con la esperanza de que su comportamiento pudiera resultar en un final satisfactorio; porque le quedaba el recurso de la anulación del matrimonio. La Iglesia Católica en el Ecuador durante el siglo XIX especificaba «como causas de nulidad del matrimonio la falta de "libre y espontáneo" consentimiento por parte de alguno de los contrayentes» (Moscoso 1996, 35). Mientras se efectuaban las averiguaciones y se llevaba a cabo el procedimiento, la mujer era sentenciada a "depósito" en una "casa honesta y respetable" o en un monasterio» (Moscoso 1996, 37); pero para lograr que se realizara esto necesitaba tener apoyo y poseer la esperanza de que Eduardo estaría con ella, lo cual no ocurrió.

Lanzada a la vida, alejada de la sociedad que hasta entonces conocía, Rosaura se vio en una existencia no aceptada por los estamentos sociales en los que había crecido; casi seis meses después de los sucesos ocurridos en la iglesia, ella se había convertido en figura pública; así el 24 de junio, fiesta de San Juan, compitió abiertamente en espectáculos colectivos con los hombres y les ganó frente a todos: «la emoción general subió de punto, cuando se vio partir a esta beldad desconocida, pasar bajo la horca, arrancar un gallo, y no descargarlo sobre los caballeros que la galanteaban presentándole sus espaldas para recibir la dicha de un gallazo de sus manos, sino obsequiarlo a una india anciana y andrajosa» (28); además se relacionaba con la gente indígena del pueblo, los protegía y les hablaba en su mismo idioma. Este comportamiento de una mujer joven que no se hallaba representada socialmente por ningún hombre, produjo la maledicencia y la intriga en un sector de la sociedad: «Circuló el rumor entre las beatas de que una hereje extranjera se había presentado en el valle por arte de Satanás y que había hecho cosas diabólicas» (29); pero también el sector masculino encontró en ella una presa fácil para subyugar y poseer: «la hizo protagonista de una ruidosa francachela» (29). Ya no importaba lo que hiciera, la gente la perseguía con murmuraciones y con falsos testimonios; situación que la amargaba y la acorralaba socialmente; por eso ella, lejos de su tierra, añoraba otro tiempo tal vez placentero: «al volver a la ciudad cuidaba de apearse a la margen del Zamora, enjugaba sus ojos con un pañuelo y bañaba su rostro con esas aguas frescas y cristalinas» (29).

La impotencia de Rosaura para cambiar la situación en que se hallaba, porque «los mínimos incidentes de su casa [iban] pasando de corro en corro con ediciones y comentarios», hizo que su estado de ánimo degenerara en desesperanza sobre la vida misma:

> [H]ay otras tempestades misteriosas con instintos y albedríos que si una vez llegan a estallar, no se puede saber cuál será el límite de sus estragos: esta tempestad es la del corazón de una mujer hermosa, de sentimientos nobles y generosos a quien la desesperación ha llegado a colocar en mal sendero: ésta caminará vía recta a los abismos, porque finca su orgullo en no retroceder jamás y en devolver a la sociedad burla por burla, desprecio por desprecio, injusticia por injusticia y víctima por víctima... (31).

Esta frustración se manifestó en su actuación; las fuerzas que la abatían, produjeron sensaciones de empequeñecimiento, esperanzas deshechas, empeños derribados, fuerzas humilladas. El abatimiento dio paso repentino a un estado de desasosiego que con el tiempo hizo emerger una pasión violenta: el odio.

> El odio es una relación virtual con una persona y con la imagen de esa persona, a la que se desea destruir, por uno mismo, por otros o por circunstancias tales que deriven en la destrucción que se anhela (para el caso es igual: el deseo tiene un rango mágico que hace que se equipare con él cualquier otra fuerza destructiva: otros u otras hacen el trabajo del odio). El trabajo del odio (...) consiste precisamente en toda la serie de secuencias que van desde el deseo de destrucción a la destrucción en forma de acciones varias, desde la estrictamente material del objeto hasta la de la imagen, lo que usando una terminología antigua, sería la destrucción espiritual, pero que en realidad es la de su imagen social (Castilla del Pino 2002, 25).

Este sentimiento negativo, más las circunstancias reales de pérdida de autonomía, autocontrol y autoestima y a la desprotección a que se vio arrojada Rosaura por creer en las palabras de Eduardo, la condujeron a una vida de degradación.

La prostitución se concebía como un problema funesto que menoscababa la sociedad; pero en el siglo XIX se comenzó a percibir como una calamidad social trastornadora, como un vicio amenazante. Como mujeres públicas, las prostitutas se veían como seres improductivos tanto física como económicamente, apenas eran simples artículos de consumo; tampoco sentían afecto por los hombres con los que tenían relaciones; así que se las creía infértiles o no dadas a ser madres (véase Laqueur 1992, 230-232). Es decir carecían de alma, dejaban de ser seres humanos, eran cosas desechables, cuerpos desfigurados y devaluados que señalaban el impulso arrasador y la destrucción de la naturaleza (véase Buci-Glucksmann 1987, 223-227).

Sin embargo, la prostitución es una manifestación de la subordinación de la mujer en el interior de una sociedad patriarcal, que además de tomar expresiones de infamante explotación, también es una manera en que Rosaura trabajó dentro del mismo sistema, para poder conseguir algunos beneficios, mayormente de subsistencia; puesto que al haber desafiado a diversas autoridades (padre, cura, teniente político), al carecer de las condiciones sociales, económicas y familiares para resistirlos, y debido a las dificultades económicas con las que se enfrentaba, tuvo que convertir su cuerpo en una mercancía que transaba a un precio en el mercado; así se vio forzada a verificar un cambio en su papel del tipo de mujer que podía ser dentro de esa sociedad, por la imposibilidad de acceso a otros mercados laborales. Al verse precipitada a la prostitución para poderse mantener, ella se incorporó a un tipo de trabajo asalariado extradoméstico, a todos los procesos de ruptura y a las consecuencias significativas que esta situación le trajo a su vida.

Esta estructura patriarcal, que produce la explotación femenina bajo la forma de la prostitución, generalmente se centra en las mujeres de las clases inferiores de la sociedad. Rosaura, no lo era, pero al carecer del dinero que le había dejado en herencia la madre; al ser repudiada por el padre, por no haberle producido la ganancia de capital con el matrimonio arreglado; al ser abandonada emocional y físicamente por Eduardo y al ser rechazada socialmente, entró a formar parte de las mujeres «desprotegidas» en esa sociedad machista y cerrada (fuera de la autoridad masculina, ya fuera padre, marido o sociedad), descendió de clase social y su posición de mujer pobre convertida en prostituta fue una de las consecuencias de la estructura de dominación de la sociedad patriarcal, que a la vez que convierte a los más pobres en «instrumentos de placer», mediante la servidumbre y la explotación, también los condena fuertemente por ello. De ahí la situación humillante y la denominación que la palabra «billar» atraía para Rosaura y que «la hacía verter lágrimas secretas de amargura» (30). Sin embargo, el concebir su cuerpo como una mercancía, le permitió a Rosaura sobrellevar una vida con menos penurias económicas que muchos otros; ya que, habitaba una casita y tenía a su disposición dos criados. No obstante, algo se iba modificando interiormente en ella y su comportamiento lo indicaba; puesto que «en los primeros días de septiembre, (...) se veía a esa infeliz mujer en los garitos, dejándose obsequiar hasta por los beodos de los figones» (32).

Este destino escritural que Riofrío señala para Rosaura es otro rasgo evidente de la adscripción de *La emancipada* al movimiento Realista.

> Más coherente, quizá, con la preocupación realista de alcanzar la verdad   equiparada generalmente al aspecto más vil   de las costumbres del momento, fue la abrumadora atención prestada tanto por escritores como por artistas a una categoría social previamente descuidada o tratada con poca seriedad u objetividad, pero elevada por los Realistas al estatus de cuestión importante: la de la prostituta o mujer galante (...).
>
> En Francia, la plétora de obras literarias realistas que se ocuparon de la prostituta   *La fille Elisa*, de Edmond de Goncourt, *La Maison Tellier*, de Guy de Maupassant, *Marthe, histoire d'une fille* de Joris Huysman, y, por supuesto *Nana* de Zola   atestiguan la importancia del tema en la iconografía de esta corriente, así como la prominente presencia de la mujer galante en la vida social de la época (Nochlin 1991, 169-171).

Destino social real que le correspondía vivir a la mujer inexperta y sin medios que se atreviera a enfrentar a los representantes de la entronizada sociedad patriarcal ecuatoriana del siglo XIX. Estando Rosaura en esta situación, Eduardo reapareció en su vida por medio de una carta fechada «Quito, a 11 de septiembre de 1841» (35); misiva que le envió amparándose bajo el poder y la autoridad del «sacramento del orden sacerdotal» al que dijo haberse acogido el día en que la abandonó a su suerte. Esta carta es la primera de un intercambio epistolar que se produce entre Rosaura y Eduardo durante el último mes de la existencia de la protagonista. En ese lapso, estas estrategias narrativas construyen esquemas en tiempo presente que crean, proyectan, modifican e intercambian ideas, actitudes y comportamientos entre estos personajes, pero que dejan conocer otras realidades ignoradas por la narración principal.

En la misiva, Eduardo explicita ya desde el saludo una situación incuestionable: «Rosaura, mi antigua amiga»; con el epíteto «antigua» señala el rasgo de 'hace mucho tiempo', 'ya lejano' o 'desaparecido', pasando inmediatamente a destacar que la relación entre ellos ahora es diferente; de ahí que en seguida ratifique la intención del saludo con la afirmación de que «las cosas han cambiado» (35); para pasar a declarar que gracias a ella, él se dedicó al estudio; pero inmediatamente sostenga, como especie de recriminación, que debido a ella, él entró en la vida religiosa: «Cuando pronunciaste el fatal sí en el templo de nuestro valle yo me puse en camino para recibir el sacramento del orden sacerdotal» (35); y en calidad de tal, la conmine a que deje de ser «oveja descarriada», por el daño que causa y causará a «nuevas generaciones» (35). En pocas líneas, marca la distancia entre ellos, destruye el pasado mutuo que existió, comienza a mostrar su autoridad y poder como clérigo; luego le recuerda el amor entre ellos, le reprocha los actos sucedidos, la acusa, la juzga, la envilece más, la humilla y la condena.

En la escritura, Eduardo se ubica en un puesto superior social, moral y éticamente; se siente con todos los derechos, todas las atribuciones y toda la autoridad para reconvenirla, amonestarla y conminarla. Reproduce las condiciones simbólicas que mantienen intactas las condiciones culturales para garantizar su dominio sobre Rosaura. Su autoridad se basa tanto en la creencia de lo bueno, que ella vio en el pasado en él, como en la ideología de la institución a la que ahora dice pertenecer: la Iglesia.

> La religión contribuye a la imposición (disimulada) de los principios de estructuración de la percepción y del pensamiento de mundo y, en particular, del mundo social, en la medida en que ella impone un sistema de prácticas y de representaciones cuya estructura, objetivamente fundada en un principio de división política, se presenta como la estructura natural-sobrenatural del cosmos (Bourdieu 2006, 37).

El estilo entre esta carta y la que escribiera en enero es evidentemente opuesto; ahora Eduardo emplea argumentos que apoyan su postura de superioridad por ser religioso;[25] algunos de sus objetivos son: exponer los males que la joven le causa a la sociedad y hacer hincapié en que, entre los actos de Rosaura y los abusos que han cometido consuetudinariamente los hombres contra las mujeres hay una gran diferencia; lo que los hombres hacen se debe a «Una ignorancia deplorable más bien que criminal», lo cual es «más bien lastimoso que punible» (36); mientras que las acciones de ella son «un crimen imperdonable» (36).

Con el empleo en la escritura de la carta de la comparación adversativa: 'más bien', Eduardo quita valor e importancia a las acciones de los hombres contra las mujeres, reforzando y afianzando así las conductas masculinas sustentadas en la tradición impuesta por la sociedad patriarcal. Mientras que la absoluta y directa condena hacia los actos de ella destacan la forma en que él por medio de la escritura se impone sobre la joven y comienza nuevamente su labor de persuasión, cuyo propósito es acentuar la debilidad mental com-

---

25   «El sacerdocio se relaciona con la racionalización de la religión; encuentra el principio de su legitimidad en una teoría erigida en dogma que garantiza, en retorno, su validez y su perpetuación» (Bourdieu 2006, 41).

probable de Rosaura –su víctima–, valiéndose tanto del ascendiente psicológico y emocional que posee sobre ella, como del peso de la institución en la
que ahora se apoya, la Iglesia, para manipularla ideológicamente con los te-
mores y las culpas e irla dominando hasta quebrantarla psicológicamente y
así controlarla por completo.

La distancia que marca con las palabras que escoge desde el comienzo de
la carta ya no es personal únicamente, sino de género y por antonomasia: ella
es la causa y la consecuencia de toda la situación y de sus ramificaciones –no
él– ; palabras que tienen la función de causar un efecto gradual y devastador
sobre los sentimientos, los pensamientos y las acciones de Rosaura.

Aún más, la superioridad que Eduardo expresa y escribe, señala que él no
se hace ni se siente responsable de la situación en que se halla Rosaura; de ahí
que manifieste una distancia máxima entre los dos, al mostrarse totalmente
ajeno al grupo que la puso en ese estado precario y deyecto en que la encuentra
la carta: «*Si tu padre, tu cura, tu juez y la mayoría de tus paisanos te han empujado
violentamente a los abismos, ha sido porque ellos venían también empujados de otras
fuerzas anteriores a que no habían podido resistir*» [énfasis agregado] (35-36). Este
no reconocimiento y no aceptación de la gran culpa que le incumbe, muestran
a Eduardo además de egoísta, sin conciencia; ahora, por medio de la escritura
se expresa como parte militante del grupo humano que instiga, manipula,
evade, juzga y ejecuta; acciones y reacciones que son aspectos de un proceso
de socialización que establece relaciones de dominación entre los sexos.

Eduardo ha entrado sin vocación al sacerdocio y se halla investido en
algún grado incipiente del «orden sacerdotal»[26] (palabras con las que indica
posiblemente ya haber recibido la tonsura); además, ahora parece haber encontrado una misión trascendental que realizar: la «salvación» de Rosaura;
de ahí que en la escritura exprese y preserve un nivel amplio de autonomía y
distancia entre los otros y él. Sin embargo, como versado en el manejo de la
retórica, se disfraza ya de sacerdote, cuando todavía no lo es, y bajo esa capa
de decepción ejerce su comunicación con Rosaura; según él, para sacarla del
«número de las ovejas descarriadas» (35). Pero en realidad, ¿cuáles son las intenciones que posee al reaparecer en su vida, después de haber causado su destrucción?

La carta, en esta circunstancia en que se recrimina para producir culpa,
sirve como instrumento de mortificación, doblegamiento y castigo. Con las
reconvenciones y las admoniciones, Eduardo contribuye más a la opresión y
al abuso que Rosaura recibe de todos los estamentos de control social. Con las
palabras y las intenciones abiertas y encubiertas que ellas encierran, Eduardo

---

26 Las etapas normales del proceso de ordenación son: aspirante (9 meses a un año; recibe después de un tiempo la sotana y la tonsura;); postulante (un año; el postulante ton-
surado se convierte en clérigo, lo que lo capacitaba para poder recibir las diferentes
órdenes: menores [abolidas por el Concilio Vaticano II] y mayores); novicio (un año, al
final se hace la profesión religiosa, con los votos de castidad, pobreza y obediencia).
http://www.conviccionradio.cl/es/Formacion/Doctrina/Las-Etapas-del-
Sacerdocio.html

agobiaba más a Rosaura: le recuerda el pasado de protección y amor, y luego la hace pensar sobre su desolado e indefenso presente; todo esto después de informarle que él ahora es parte activa de ese grupo clerical que la ha encanallado, la usa, la condena, la humilla públicamente y la mantiene sojuzgada.

La presencia de Eduardo y los actos coercitivos que ejerce mediante la escritura de esta carta, después de haber propiciado la suerte que ha corrido Rosaura, indican el surgimiento de una nueva intención en su ánimo. Al tener noticias aportadas por otros, posiblemente los mismos amigos que lo aconsejaron y los mismos que encanallaron a la joven, existen motivaciones abiertas y encubiertas que lo llevan a volver a la vida de Rosaura.

Ahora, como el contenido de la carta de Eduardo no alcanza a abarcar todas las circunstancias ni a prever los posibles resultados de los mensajes emitidos, porque algunas de las situaciones son anteriores a la escritura, el desenlace que él espera alcanzar no sucede completamente; puesto que Rosaura le responde con otra carta. La epístola como práctica escritural desarrollada por Rosaura es resultado de un proceso social de aprendizaje que progresó en ella, gracias a la ayuda de otros que la conocían y la utilizaban. La madre transmitió a la hija el conocimiento del manejo del lenguaje y sus posibilidades de uso para dar importancia a una cultura de intercambio comunicativo que requería habilidad para escribir, leer e interpretar cartas.

Con esta carta de respuesta de Rosaura, carente de fecha por ser únicamente un borrador de la original, se sella el pacto epistolar entre ella y Eduardo. Al leer la carta inicial y ratificar su contenido con la contestación, ella continuó el proceso comunicativo en sentido contrario, dando comienzo a un intercambio de ideas que informan sobre el peso que conllevó y el alcance que tuvo el mensaje de Eduardo y explicitan sentimientos con respecto a las reacciones que esas palabras causaron en su ánimo: «me haces avergonzar. Eres la única criatura ante quien siento la necesidad de justificarme; pero sin ocultar que tus palabras son nuevas tiranías que vienen a perseguirme en el campo a donde la fatalidad me ha conducido» (36). En la mimesis del diálogo entre ellos, que es la respuesta, se revela en toda su fuerza la misiva de Eduardo; su instancia enunciativa obtuvo efectos retroactivos deseados, que dieron cauce a la dimensión dialogística de la respuesta; con lo cual, el proceso de nombrar desplegado por él demuestra haber sido en parte efectivo.

La voz de la conciencia le recordó a Rosaura la responsabilidad aprendida de la madre; es decir, la necesidad moral o intelectual de reparar el daño que se hacía; además de que le produjo una gran culpabilidad.

> La culpa se expresa como tal en forma de pesar, de angustia ante los efectos posibles, de «desesperación» ante lo ya hecho y sus efectos visibles, de angustia ante la imposibilidad de deshacer lo hecho, de depreciación de sí mismo por lo hecho (Castilla del Pino 1991, 193).

Rosaura le confirma que él la ha hecho abochornarse al despertarla a la realidad de su existencia, haciéndola comparar el pasado y el presente; sentimiento que se ha producido con la mención que le hace de la madre, el más preciado recuerdo que guarda Rosaura. Esa oposición entre pasado-bueno y presente-malo, permite que la joven comience a efectuar confidencias.

Así, le comunica que el peor daño sufrido fue el de «los benefactores», los amigos de Eduardo, en cuyas manos la dejó; porque como mujer huérfana de tutela masculina, quedó desvalida, con problemas de subsistencia y completamente vulnerable y condicionada por las circunstancias. La inexistencia de la protección patriarcal favoreció su indefensión, lo cual, unido a las dificultades estructurales de una vida solitaria, carente de educación formal y sin medios económicos, la llevaron a una existencia difícil que permitió que los 'compasivos' y 'dadivosos' amigos de Eduardo recurrieran a otro tipo de 'amparo' y la condujeran a la prostitución.

En esta sociedad patriarcal se le concedía demasiada importancia a la protección masculina, la cual se asumía y, de la cual resultaba la dependencia de las mujeres en todos los aspectos de la vida social; al carecer de ella, Rosaura perdió la respetabilidad y el buen nombre. Además, entre los principios sociales de autoridad irrebatibles estaba la aceptación de la superioridad intelectual y moral masculina; así, Rosaura pronto cayó víctima de aquellos que se le acercaron para 'ayudarla'; joven sola e inexperta sucumbió a las propuestas y a los abusos que los detentadores de la sociedad patriarcal realizaban con las mujeres más indefensas, alcanzando el repudio social.

La actuación de los amigos de Eduardo, la explica Freud, quien afirma que los hombres eligen a la mujer según las «condiciones eróticas» que ésta posea: una de ellas es la condición del «perjuicio del tercero», y consiste en que «el sujeto no elegirá jamás como objeto amoroso a una mujer que se halle aún libre (...). Su elección recaerá, por el contrario, invariablemente, en alguna mujer sobre la cual pueda ya hacer valer un derecho de propiedad otro hombre; marido, novio o amante» (1625-1626). Para esos amigos, el deseo de la mujer ajena, los atrae hacia Rosaura. En ellos existe el deseo de hacerle daño a Eduardo Ramírez a través de la destrucción de la joven, reafirmándolo después con pasarle anónimamente o no la información del estado abyecto en que ella se halla.

Regresando a la carta de Rosaura, cuando ella le confirma a Eduardo el efecto que le ha causado la misiva del 11 de septiembre, comienza una confesión, en que ella revela su interioridad psíquica; la escritura se convierte en un medio que deja ver en un fluido de conciencia las zonas más profundas del ser de Rosaura. En sus palabras se explicitan las causas y las consecuencias de su sexualidad: «Más daño me han hecho mis benefactores que mis tiranos: para estos me basta con el odio; para destruir la obra de los otros necesito de vértigos, ofuscamiento, bullicio aturdido» (36) y del poder que la destrucción ha alcanzado en su existencia: «Yo no puedo vivir sino de emociones, las emociones son un sueño y no quiero que nadie me despierte» (37).

En sus palabras, en medio de sentimientos negativos como el odio, se observa una gran desesperanza por un futuro que no puede controlar, debido a las circunstancias alienantes en que está envuelta su existencia. Se siente completamente vulnerable y abandonada, por eso efectúa atribuciones globales sobre sí misma, que indican una falta de control: «no sé qué dentro de mí que me ha ido empujando» (37); ese sentimiento le permite no solo inferir, sino también racionalizar consecuencias que desaprueba de todo lo que le ocurre: «Todos los caminos están obstruidos para mí, excepto el que voy siguiendo» (38). Los rechazos, las burlas, las sanciones, las murmuraciones contribuyen a generar un estado de desesperación: «He visto a mis plantas sotanas y cerquillos, y he tenido el capricho de enardecer los galanes del orden sacerdotal, para luego expelerles con desprecio. Ellos se han vengado subiendo a retratarme en el púlpito con groseros coloridos, sin perjuicio de volver a pedir de rodillas perdón» (37).

Esta situación relatada en la novela tiene como referente la realidad ecuatoriana en la época que es descrita con las siguientes palabras:

> Ecuador había presentado desde la Independencia un deterioro notable del clero secular y regular en tiempos de Flores y en el periodo de la anarquía subsiguiente hasta llevar a afirmar al autor ecuatoriano, Julio Tobar Donoso, nada sospechoso de crítico de la Iglesia: «miseria en todo sentido, miseria moral, intelectual y material; ese era el estado de las órdenes». La relajación era grande, el clero secular era escaso, los seminarios se hallaban en gran decadencia y las misiones orientales estaban muy abandonadas desde la expulsión de los jesuitas en 1767 (...) (Ruiz Rivera 1988, 61).

Los sacerdotes no hacían vida de comunidad; vivían con sus familias y en muchos casos habían creado su propia familia con hijos propios. Iban al convento o la iglesia únicamente para cumplir sus funciones religiosas (véase Ayala Mora 2000, 83).

Esta posición vuelve a Rosaura más vulnerable al sentido y a la intención de las palabras de Eduardo, a quien ella todavía considera, a pesar del abandono, su único aliado: «me has puesto en tal desesperación que quisiera maldecirte, pero veo que aquello sería injusto y a nadie maldigo sino a mí misma» (38).

Aún más, este estado negativo de ánimo se intensifica en Rosaura por el amor que seguía sintiendo por Eduardo: «(oh, si pudiera volver a los instantes de nuestra última entrevista!... Pero eso es imposible. No puedo volver a ser soltera como tú no puedes borrar el carácter del sacramento que has recibido» (38). Ella como adolescente sin ningún apoyo emocional había afirmado su amor en Eduardo porque éste se le había acercado como amigo y como enamorado, como lo encuentra la apertura del relato. A pesar de haber pasado siete meses desde que él la ha abandonado, ese lapso no es suficiente para que ella haya podido olvidar sus sueños, sus ilusiones, sus esperanzas y su amor; sin embargo, piensa que el paso dado al contraer matrimonio ha sido la causa de su desventura. Rosaura ignora que ese matrimonio podía haber sido anulado legalmente porque había sido forzado y estaba estipulado por la ley ecuatoriana; situación que Eduardo sabía por ser abogado. Con el amor frustrado, desesperanzada y engañada, suplica reiteradamente: «Eduardo, no vuelvas a escribirme (...). Por compasión, no vuelvas a escribirme» (38). De esta manera, Rosaura, desde la inmediatez de la experiencia, suministra en su carta, a través de su perspectiva, un registro comunicativo de los sucesos percibidos, desencadenados, vividos, sufridos y acontecidos.

Así, la carta produce el realismo por medio del suspenso que se ocasiona en la trama, creando un impacto emocional y un efecto cercano a la realidad, a medida que la misiva de Rosaura describe con detalles los padecimientos y las angustias que le causan los mensajes de Eduardo. Del mismo modo, es un medio para impugnar la fuerza de la Tradición, por la que el hombre envilece a la mujer que carece de protección social y económica, la abusa, la degrada, se ensaña contra ella y después la arroja como escoria a una completa destrucción general. De esta manera, la escritura de las cartas es una técnica narrativa que muestra a Rosaura no como ser despreciable sino como víctima de esa sociedad.

La súplica de Rosaura no tiene efecto. Eduardo le escribe otra carta fechada 20 días después de la primera («Quito, a 20 de septiembre de 1841»:

> (...) en tu corazón no hay paz y ésta es la que quiero darte a nombre del Señor. (...) las fuentes del placer no tardarán en agotarse y quedarán las heces que son amargas y punzantes: ¿qué harás entonces, hija mía?; sentir el corazón estrangulado por las serpientes del ya estéril arrepentimiento. (...) te pido, no un sacrificio sino tu descanso, tu sosiego de pocos meses. Retírate de la vida escandalosa: *vive oculta hasta la próxima cuaresma, en que iré yo,* invocaré la gracia divina y tengo fe en que serán disipadas las tinieblas que hoy ofuscan tu corazón, y sentirás reanimado tu valor (38-39). [Énfasis agregado].

En esta nueva carta de Eduardo se expresa ya abiertamente su proyecto. Reconfirma su sentido de superioridad para con ella, expresándolo ya no sólo con el tono de sus palabras y en el tipo de mensajes que emiten, sino también al tratarla condescendientemente con la denominación: «hija mía». Ya él está posesionado totalmente de su papel de religioso; pero ahora su mensaje es definitivamente conminatorio; a través de sus palabras, deja de ser el conocido lejano en el que ella puede confiar aunque sea forzadamente, para conver

tirse en una amenaza que le señala nuevos males futuros, aún peores que los
que ha recibido de los amigos de él. Le anuncia su próxima visita, después de
haberle dicho que se aleje de todos y se oculte.

Rosaura sabe que Eduardo es ahora uno más de aquellos clérigos que la
han envilecido; la idea de que él se convierta en su peor tirano, en su explo-
tador, habiendo sentido otro tipo de afecto y sentimiento por él, la llevan a co-
municarle por medio de otra carta de respuesta:

> Tengo vergüenza de mí misma, me aborrezco de muerte y no sé
> cómo he de vengarme. Antes de nueve meses he recorrido un siglo
> de perdición.
> He pulsado mis fuerzas y me siento incapaz de postrarme a ser oída
> en penitencia por los mismos a quienes he repulsado con desprecio.
> Solamente ante ti me arrodillara; pero entonces los sollozos no me
> darían lugar para acusarme y no podría menos que encenderme en
> un amor ya imposible, en un amor desesperado.
> He causado muchos daños que no habría conocido sin tus cartas:
> es preciso que el escándalo termine juntamente con la vida antes
> que tú vengas a anonadarme.
> Adiós, Eduardo (40).

Ya Rosaura, con la inminente venida y las palabras de que se ocultara, ex-
presadas por Eduardo, después de que ella le había confiado que diversos religiosos de distinto rango estaban entre el grupo habitual que la prostituían,
la llevan a darse cuenta de que su vida ya carece totalmente de significado,
porque la única relación afectiva positiva que había existido, fuera de la de
su madre muerta, había sido la de Eduardo. Pero con las palabras escritas por
él, había dejado de existir, y con eso la desesperanza la agobia; porque él no
va a ser diferente a los otros clérigos. Ahora ya Eduardo es parte de ese grupo,
pero para ella puede llegar a ser el peor de todos. Con esta nueva inteligibi-
lidad adquirida, pierde la facultad de tener un contacto fiable con el mundo
real; a partir de ese momento, se halla incapaz de aceptar ese mundo porque
se ve privada de toda esperanza. Esta falta de fiabilidad del propio yo interpretativo es la razón que la lleva a concluir su existencia.

¿Qué sucede con esos sacerdotes y religiosos que la abusan física y moralmente, entre los que se encuentra Eduardo y que la conducen finalmente
al suicidio? Según Freud, otra de las formas en que el hombre selecciona a
una mujer según las «condiciones eróticas» que la rodean es «el amor a la
prostituta», se sienten atraídos por la mujer a la que contribuyen a disipar.
Ellos «exigen la liviandad de la mujer» (Freud 1996, 1626), la buscan e incluso sienten celos por no ser los únicos privilegiados.

Eduardo puede haber expresado abiertamente la «salvación» de Rosaura,
pero nada indicaba que ahora no se sintiera atraído por ser su «confesor

privado». La había abandonado por haber ella aceptado sus indicaciones y haber tomado «una resolución enérgica y perseverante», y había entrado a un convento. Ahora, amparado y escondido detrás de la imagen deceptoria del tipo de religioso que se representa en ese mundo ficcional, le informa que volverá a su vida como confesor. Indicaciones e insinuaciones que llevan a Rosaura a terminar definitivamente su existencia, porque entendía el significado de las palabras escritas, que le indicaban cuál era su destino con Eduardo, cuál era la «salvación» que él pretendía, como también comprendía que no tenía la fuerza suficiente para evadirse de él.

Estudios realizados sobre las denuncias efectuadas durante la Colonia y el siglo XIX contra sacerdotes en diversos arzobispados y que se conservan en los archivos generales de distintas naciones hispanoamericanas confirman que era muy frecuente que los curas se inclinaran por las mujeres más vulnerables y las forzaran a tener relaciones sexuales con ellos: las que se encontraban enfermas, embarazadas, con dificultades conyugales, rechazadas por la sociedad y con «problemas religiosos» (véanse: Sarrión Mora, 1994 y González Marmolejo, 2002).

La reacción de Rosaura tiene una firme base en la realidad, como lo explica Bourdieu:

> Los actos de conocimiento y reconocimiento prácticos de la frontera mágica entre los dominadores y los dominados que la magia del poder simbólico desencadena, y gracias a las cuales los dominados contribuyen, unas veces sin saberlo y otras a pesar suyo, a su propia dominación al aceptar tácitamente los límites impuestos, adoptan a menudo la forma de *emociones corporales* vergüenza, humillación, timidez, ansiedad, culpabilidad o de *pasiones* y de *sentimientos* amor, admiración, respeto; emociones a veces aún más dolorosas cuando se traducen en unas manifestaciones visibles, como el rubor, la confusión verbal, la torpeza, el temblor, la ira o la rabia impotente, maneras todas ellas de someterse, aunque sea a pesar de uno mismo y *como de mala gana* a la opinión dominante, y manera también de experimentar, a veces en el conflicto interior y el desacuerdo con uno mismo, la complicidad subterránea que un cuerpo que rehuye las directrices de la conciencia y de la voluntad mantiene con las censuras inherentes a las estructuras sociales.
> (...) Si bien es completamente ilusorio creer que la violencia simbólica puede vencerse exclusivamente con las armas de la conciencia y de la voluntad, la verdad es que los efectos y las condiciones de su eficacia están duraderamente inscritos en lo más íntimo de los cuerpos bajo forma de disposiciones (2000, 55).

La presión que le hizo Eduardo a Rosaura a través de la escritura recordándole la decepción, el despecho y la ira que había originado en ella su cobardía y su abandono; mencionándole que se sabía públicamente lo que ella había llegado a ser, recriminándole sus actos, llamándola irreflexiva; calificándola de destructora social, de pervertidora de menores, de ignorante; poniéndola al mismo nivel vicioso y corrupto que el cura, el juez militar y el sacerdote y hablándole de religión, la condujo a la desesperación y de ahí a la depresión: «tus palabras son nuevas tiranías que vienen a perseguirme en el campo a donde la fatalidad me ha conducido» (36). A esto siguió la abulia, la pérdida del sentido de la vida; de ahí que decidiera acabar con su propio sufrimiento porque ya no veía otras posibles salidas. Su situación era extrema; quería salir de ella; pero no podía, lo cual le resultaba insostenible.

> [A]lgo tenía dentro de mí que me excitaba a llorar. (...) mi alma se ha tornado en un arenal desierto, tostado por el sol del arrepentimiento y removido por los vientos del desengaño; en este vasto arenal la imagen de lo pasado se levanta como un espectro. Tengo vergüenza de mí misma, me aborrezco de muerte y no sé cómo he de vengarme. Antes de nueve meses he recorrido un siglo de perdición (40).

El fragmento de su carta señala la intensificación del estado depresivo que le causó a Rosaura la reaparición de Eduardo en su vida y la presión que ejerció sobre ella. La depresión es una alteración patológica del estado de ánimo, acompañada de la pérdida del humor que se convierte en tristeza; deteriora la vida normal. Se sienten sentimientos de tristeza, culpabilidad, apatía, lentitud, ideas negativas acerca del mundo, de sí mismo, de las personas alrededor, del futuro, excesivo cansancio, indecisión, agotamiento mental y físico, aislamiento social y estrés. Estos síntomas llevan a pensar en la muerte como una forma de escape.

La escritura de las cartas muestra en el ambiguo punto límite que separa el intercambio dialógico con el otro, de la soledad autosuficiente de la escritura, cómo en el interior de los dos personajes el mundo social y sus actitudes hacia la lealtad, la tradición, la religión y la autoridad los separa y los convierte en víctima y verdugo; es decir, estos textos son actos de autoinscripción que declaran la propia identidad. El paradigma patriarcal se evidencia en las cartas de Eduardo, se manifiesta antropocéntrico y, consecuentemente, androcéntrico. Se basa en la idea de dominio, que unas veces se explicita como control de la naturaleza, como sucede con los ejercicios de retórica que Eduardo escribe al principio de la novela, y otras, como supremacía sobre otros seres humanos, como en el caso de las cartas que le escribe a Rosaura.

La manera en que Rosaura reacciona después de la lectura de las cartas que recibe, reafirma el enfrentamiento de la mujer con un mundo tradicional y masculino que deja ver a través de los intersticios la violencia y el abuso social ejercido sobre ella. Al no poder tener el control total de su vida y con una gran desesperanza ante la anunciada visita y los consejos recibidos, la joven se decide por la muerte como ausencia y como negación. Al final, su cuerpo –de mujer víctima del pecado moral ideado y forzado por toda una estructura dominante del pensar y de un miedo ante la diferencia– configura un imaginario erótico en el que se ha ejercido la manipulación y el dominio.

Con las cartas se da forma a la experiencia de los personajes porque impulsan la respuesta y ejercen influencia sobre las decisiones. Igualmente, son el único medio en que a Rosaura se le permite exponer su interioridad y revelar la destrucción que social y psicológicamente le esperaba a una mujer al enfrentarse a los estamentos patriarcales de control social en el siglo XIX. Esas pocas cartas se convierten en documentos realistas genuinos más que en artefactos narrativos; puesto que la experiencia de sus emisores se objetiva en ellas.

De esta manera, se observa que en el término de un mes Eduardo con sus amonestaciones y sus cartas, con el anuncio de su próxima visita, causó en Rosaura tal desesperación y culpabilidad, que la forzó a efectuar otra «campanada», situación que ella ya le había advertido. Así, eligió el teatro de los hechos y la compañía para realizar este último acto público: morir. La forma que escogió para hacerlo fue la manifestación de dolor más grande a que se enfrentó. Su autoestima era nula; se encontraba ya sin recursos que la ayudaran a afrontar las situaciones que vivía; por eso prefirió la muerte.

La forma de morir que escogió fue un escándalo, como lo fue su vida durante los últimos nueve meses. La liberación del despotismo del padre que buscó cuando efectuó la primera «campanada» y dio el «sí» en la Iglesia, originó un nuevo ser en ella; fue el nacimiento de su vida pública. Lanzada por fuerzas violentas a un mundo que desconocía y por tanto no controlaba, y confiada en aquellos que dijeron ser sus protectores, terminó envilecida. Por eso, tuvo que acogerse a la única forma de existencia que la sociedad le permitió: la prostitución; con la que buscaba «vértigos, ofuscamiento, bullicio aturdido», «para destruir la obra» del padre y de las autoridades civiles y eclesiásticas y del mismo Eduardo. Pero esa vida pública se convirtió en un escándalo por las murmuraciones, los chismes y los nombres que le adjudicaban.

Ese escándalo público finalmente se convirtió con la humillación, la culpabilidad y la vergüenza en un escándalo personal y privado; porque la madre le había proporcionado los fundamentos necesarios para que ella fuera una parte integral y benéfica de la sociedad; en una palabra, su continuación en la vida. Las palabras de Eduardo escritas en las cartas le recordaron y le hicieron revivir ese fundamento recibido; al mismo tiempo que la intimidaron por las probables consecuencias que se avecinaban. Ante la imposibilidad de deshacer lo hecho en una sociedad que no perdonaba los errores de los débiles, escogió terminar con esa angustia y ese sufrimiento personal: se suicidó.

Este corte violento de la vida, no sólo terminaba con sus padecimientos espirituales sino también con los físicos; de ahí que preparara su final como un acto público, para que hubiera testigos de su decisión de concluir con todo:

> [E]stando con fiebre y con otras enfermedades, convidó para un paseo a unas veinte personas, casi todas de la plebe: comió como desesperada frutas y manjares que le hicieron daño; apuró licores por primera vez, porque antes, aunque era alegre, no bebía; y así ahíta, embriagada y casi delirante por la fiebre, entró a bañarse a las seis de la tarde en el agua helada del Zamora. A las once de la noche el apoplético la mandó a la eternidad (41).

La representación de la muerte de Rosaura en *La emancipada* pretende ejercer autoridad, controlar las conciencias, mediante la intervención de la moral en la vida de la gente de una sociedad en expansión. Cuando la mujer empieza a recibir educación y a comprender mejor su puesto en la sociedad, hay sectores sociales que se oponen a esos avances –como los representados en la novela–; por esto, se acentúa la pugna por el control de su sexualidad. En ese momento histórico surge otra etapa de la estructura del género que se explicita tradicionalmente en dos escenarios: el de la mujer casada (la esposa de Mendoza) y el de la soltera (Rosaura).

En el caso de la primera, el esposo inserta dentro de la familia un espiral de violencia intrafamiliar. El hombre se considera con derechos, producto de su condición de tal, para coaccionar a la mujer a realizar sus deseos. El caso de la mujer soltera presenta un esquema similar de subordinación masculina, aunque con algunas variables. Si la joven soltera se encuentra bajo la potestad del padre, éste puede limitarla, coaccionarla y finalmente controlarla. Si la mujer se rebela, como es el caso de Rosaura, las autoridades gubernativas (civiles y religiosas) primero y luego las policíacas y las científicas se arrogan el derecho de controlarla; así se produce una imagen de la mujer y de su puesto en la sociedad que conlleva el discurso antiprostitución. Este es un discurso ideológico que sitúa a la mujer en las actividades domésticas, consideradas propias de su condición «natural» femenina.

Al mostrar a Rosaura como prostituta se representa su emancipación como el de la mujer «pública», «suelta», «rebelde», que no merece mayor consideración, respeto y protección. Se la considera un atentado contra la estabilidad de la familia y la nación. El rol sexual de la mujer debe ser pasivo, subordinado, invisible, desarrollarse en el interior del hogar. Mientras que se concibe que el hombre es el que debe desempeñar un papel activo en la relación, en él se verbaliza la sexualidad; él es el eje de la sociedad.

De esta forma, la muerte es un mecanismo ideológico empleado por el discurso tradicional para señalar el castigo que se recibe por los hechos pasados. Sin embargo, en un discurso más avanzado como es el de Riofrío, la muerte es un modo de expresión nuevo y más apropiado a la realidad; es un fenómeno más terreno; es una verdad mundana, desnuda, exenta de significados trascendentales y de resonancias metafísicas; pero rico en el detalle psicológico, físico y social.

Por eso, la muerte de Rosaura en esa sociedad que funciona como un juez compulsivo, no valora la pérdida del ser humano; ese cuerpo es un cero, un no-valor; los otros personajes establecen la ausencia de importancia de la joven y expresan abiertamente la carencia de significados en ellos de esa experiencia:

> Allí estaban la manta y la antorcha funeraria, y cerca de ésta hablaban un comerciante y un abogado de Cuenca sobre la injusticia con que se atribuía a su paisano el señor M... la muerte de esa mujer: para comprobarlo habían relatado algunos antecedentes (...) y leyeron enseguida las cartas y los borradores que se habían encontrado en el costurero de la difunta; estos documentos iban a ser presentados, en caso de que se declarase haber lugar a formación de causa (35).

Esta postura desacraliza la sociedad de la época, mostrándola como insensible y totalmente ajena a los mecanismos internos de castigo y opresión que exhibe cuando alguien se opone a lo establecido. La relación escueta que presentan los declarantes sobre el acto mismo de la muerte y la manera en que se realiza la autopsia indican la falta absoluta de trascendencia que llegan a tener las personas en una sociedad que está insensibilizada por la tradición, como la representada.

Foucault señaló que el cuerpo humano es el lugar donde se conceptualizan las luchas políticas. Pintó el paisaje de la sociedad moderna como el de una sociedad eminentemente disciplinaria. Es una sociedad encargada de corregir a través de una tecnología de control y vigilancia, capaz de codificar y marcar uno a uno todos los cuerpos, sin descanso, día y noche, del nacimiento a la muerte; en todos y cada uno de los espacios por los que circula el sujeto. Es una sociedad con una gran habilidad para desarrollar su capacidad de observación, de clasificación y de análisis y que ha tenido la facultad creativa de inventar una nueva figura: el encierro.

Foucault muestra esa máquina disciplinaria, no como máquina de castigo sino como máquina de formación, conformación, aprendizaje y enseñanza, con una técnica de inscripción que es mucho más eficaz y completa que cualquier ideología ya que graba de una vez y para siempre el deber ser en el cuerpo del sujeto (véase Foucault 1995).

Ahora, con la muerte, la conclusión absoluta para Rosaura no se produjo. El suicidio generó lecturas interpretativas e historias que se produjeron para entender ese acto drástico y definitivo: hubo una autopsia, las reacciones de un estudiante de medicina, una investigación legal, historias de los curiosos, relatos de los declarantes y «cartas y borradores que se habían encontrado en el costurero de la difunta» (35). El suicidio obligaba a los vivos a interpretar las causas que lo habían provocado y a entender lo que había querido significar Rosaura con ese decisivo acto final.

Para juzgar el tipo de muerte que había ocurrido debían discernir los contextos físico y subjetivo; determinar si había sido una muerte natural, un homicidio o un suicidio; una decisión libre o el desenlace de fuerzas biológicas, genéticas o sociales. Las versiones que surgieron exponen la manera en que esa sociedad explicaba los hechos.

Desde el punto de vista médico se produjeron dos lecturas: la del médico y la del estudiante de medicina. El facultativo encontró en ella un cuerpo más para diseccionar, para hacerlo «hablar» y así explicar circunstancias de la vida y causas de la muerte. De esta manera hizo «correr cruelmente las cuchillas y descubrirse las repugnantes interioridades escondidas en el seno de Rosaura» (34), para concluir que «el apoplético» (la paralización súbita del funcionamiento del cerebro por un derrame sanguíneo en el cerebelo o en las meninges) había sido el resultado de haberse bañado estando con fiebre alta, enferma de otros padecimientos y después de haber comido y bebido.

El examen del médico buscaba más allá de las causas del fallecimiento; el cuerpo además le servía para demostrar sus funciones, exhibir las huellas de la enfermedad, exponer las señales de la naturaleza débil de la mujer; también le era útil para dar lecciones. De ahí que el estudiante hubiera recibido «de su catedrático, que era médico, el estuche quirúrgico y la orden de seguirle para hacer el estudio práctico de los órganos de la voz, del oído y la vista» (33). En esta exploración y en la demostración que hizo del cadáver, el cuerpo de la que «antes había sido una beldad» (34), terminó reducido a «trozos de carne humana engangrenada» (41) recogidos por los peones en un ataúd.

A finales del siglo XVIII y durante el siglo XIX predominó la disección de los cadáveres de mujeres más que como forma de conocimiento, como escrutinio y voyeurismo, lo que indicaba una insistente curiosidad acerca de la sexualidad. Muchos de los cadáveres eran tratados con violencia porque eran cuerpos de seres considerados pasivos que debían ser útiles al hombre (véase Jardonova 1989, 43-65).

La mirada del médico no sólo era patriarcal —una mirada masculina— sino una mirada clínica, valiosa para el científico, útil para entender la tecnología del control médico en la comprensión del cuerpo de la mujer enferma, ahora convertida en objeto de escrutinio y, en cierto grado, de exhibición y de voyeurismo. Su mirada médica no podía percibir ese cadáver como perteneciente a una mujer joven con esperanzas, con individualidad, con identidad. Era únicamente el de una prostituta sin valor; sus despojos eran simplemente un medio para llegar a un fin; de ahí que el estudiante haya percibido ese procedimiento como una «profanación sarcástica del cuerpo de una mujer» (34).

Por ese trato abusivo que recibió, ese objeto (cuerpo) acabó en el término de poco tiempo en pedazos descompuestos por la necrosis.

Esta mirada médica representada en *La emancipada* tiene su correlato en lo que había sucedido en Francia desde las primeras décadas del siglo XIX y se había desplazado a Estados Unidos y a otros lugares. La prostitución comenzó a ser percibida como una circunstancia social que había que reglamentar; era un problema médico y de higiene pública, que se toleraba pero debía ser vigilado. La situación que había existido hasta entonces estaba regida por las reglas religiosas y la moralidad que recaía sobre las mujeres; la prostituta fue acusada de expandir el libertinaje y las enfermedades venéreas y se la convirtió en una pecadora pública. En ese siglo con los estudios realizados en París por Alexandre Parent-Duchâtelet entre 1827 y 1835, la prostituta se tornó en uno de los problemas sociales que había que resolver; de ahí que se convirtiera en uno de los objetivos más importantes de la medicina. Su cuerpo, objeto de estudio, se relacionó con el detritus, la putrefacción y la morbilidad; por tanto había que comprender la manera en que el organismo expresaba estos aspectos que dañaban la sociedad (véase Bernheimer 1997, 1-33).

Ahora, la mirada del estudiante es opuesta a la del facultativo. Ésta no disociaba el presente de su pasado, para él ese cuerpo debía respetarse; ya que estaba vinculado a la identidad valiosa de una mujer, de un ser indispensable en la sociedad:

> [D]ebía ser, durante la vida, un incógnito misterio, radiante de gracias y de hechizos, y que al morir, estos secretos que tienen tanto de divino para las almas juveniles, no podían ir a hundirse en el sepulcro sin que antes tocasen las campanas sus fúnebres clamores, se encendiesen los blandones alrededor de un féretro, se entonasen cánticos sagrados y se acompañase con lágrimas y sollozos a la que va en funérea procesión a despedirse para siempre (34).

Su mirada todavía no estaba endurecida; aunque quería entender lo que había sucedido. Pero la irrupción de la realidad en la imaginación que tenía de lo que debía ser la mujer se desintegró al ver en lo que quedaba convertido el cuerpo de ese ser que inspiraba tantas emociones, «que había hecho palpitar a tantos corazones». La impresión que el estudiante recibió cuando la realidad desmintió la esperanza y la confianza que tenía puestas en la mujer, lo hizo salir de la ilusión y le produjo una impresión penosa. Fue una decepción de gran importancia porque puso en peligro no sólo su futura profesión sino su buen nombre, abandonando el lugar «sin que el dictado de cobarde que se le daba, ni la voz imperiosa de su maestro fuesen parte a detenerse presenciando tantas miserias» (34).

Ésta es una mirada más humana; tal vez porque conocía Rosaura; ya que la casa de la joven estaba situada a pocos metros del Colegio; tal vez porque como joven veía su corta existencia reflejada en la de ese ser que tenía al frente o porque todavía no estaba endurecido por los estudios y la vida. Además, hasta el siglo XIX en la imaginación popular, la autopsia de un cuerpo se percibía como una violación masiva.

Estas dos miradas se habían difundido en las novelas realistas francesas; Balzac estudiante cercano de los artículos de Parent-Duchâtelet hizo uso de sus teorías para representar tanto las cortesanas de sus novelas como para describir sus mundos de ficción. Para este novelista, las prostitutas tenían un gran potencial ficcional gracias a su movilidad social, a su potencial de cruzar las barreras de clase y funcionar como un lugar de producción del deseo. Además, Balzac concebía la marginalización de la prostituta y su separación de la sociedad como una energía necesaria para producir contrastes y diferencias que funcionaban como técnicas narrativas que iban a ser percibidas por los lectores (véase Bernheimer 1997, 34-36).

Para Balzac, la prostituta al circular en todos los niveles de la sociedad, reducía los hombres —cualquiera que fuera su estatus— a su libido, a su deseo animal, socavando la jerarquía patriarcal de clase y las distinciones culturales. El haber tenido relaciones con una prostituta significaba ser desposeído, haber perdido la individualidad, llegar a ser un objeto de su deseo y susceptible de ser remplazado (Bernheimer 1997, 40). Estas técnicas balzacianas se observan en la representación de las dos miradas clínicas que se dan en *La emancipada*.

El cierre de esta novela, queda de esta forma abierto a interpretaciones. Escrita en un momento histórico de convulsionada crisis interna cuando el Ecuador se debatía entre la reimposición de los valores tradicionales que ejercía autoritariamente García Moreno, el texto puede entenderse de diversas maneras. La actualización que el lector haga de este mundo ficcional y de su final depende de su horizonte de expectativas y de su comprensión del momento histórico que sirve de referente. Para una interpretación tradicionalista, la muerte en esas circunstancias fue el merecido castigo que Rosaura debía recibir por sus acciones. Desde una posición liberal, el final que la joven sufre muestra la descomposición y el estancamiento social de un conglomerado humano detenido por las fuerzas atávicas de la tradición.

Al informar aspectos de una realidad observable, Riofrío asumió el papel metafórico de un historiador; mediante las voces narrativas expuso con detalle minucioso el estancamiento de la vida social y cultural del Ecuador en su época. De ahí que como documento, *La emancipada* exponga la ignorancia, la superficialidad, la degradación moral omnipresente y la corrupción de la Iglesia y del gobierno. Con las técnicas empleadas, esta novela va más allá de efectuar una denuncia a presentar una imagen vívida de esa sociedad decimonónica.

El objetivo de Riofrío era representar la vida interna de los personajes, pero a la vez revelar las posturas de determinadas clases sociales y de las instituciones que las conformaban, de las cuales la mujer era un miembro vital y su educación era indispensable en ese momento en que se necesitaba un cambio histórico para la formación de una nación independiente de las ataduras coloniales. La situación de Rosaura está imbricada en una realidad marcada por el comportamiento social, las prácticas políticas, los factores económicos y la influencia de la Iglesia.

Las formas de escritura representadas en el mundo novelístico le permitieron a Riofrío manipular el punto de vista de la narración; de esta manera creó un efecto auténtico de experiencia real y un contrapunto a la voz narrativa general que parece apoyar las instituciones sociales tradicionales. Del mismo modo, le permitió establecer una escala de valores al dejar expuestas las intenciones de los personajes, las motivaciones individuales, las intenciones disfrazadas y descubrir la decepción. Además, al relacionar las estructuras del discurso con las estructuras sociales como se ha efectuado en el análisis de este mundo ficcional, se observa cómo estas formas de escritura funcionan como factores modelizantes y esenciales de su construcción y aportan al conocimiento de segmentos de la sociedad que la historia tradicional no ha asumido con detenimiento, como es el caso de la historia de las mujeres; a la vez que ubican sólidamente a *La emancipada* dentro del Realismo.

Inscrita dentro de este movimiento, *La emancipada* representa no sólo aspectos de la vida del momento, sino también lo que forma, controla y limita la narración. Esto lo componen leyes de historia, economía, psicología y otras leyes que se consideran universales en el momento de la escritura. De ahí que la construcción de la historia muestre cómo el momento histórico y la cultura del Ecuador de la época se explicitan; junto a conocimientos científicos, literarios y culturales provenientes de Europa.

Miguel Riofrío se muestra como un escritor versado en los últimos conocimientos tanto culturales como científicos y como un literato de avanzada por la aplicación de las técnicas y los procedimientos realistas. Al describir la sociedad de la época sigue de cerca ya no sólo la novelística de Balzac; sino la de realistas posteriores como los Goncourt; de ahí que Rosaura como personaje entienda cómo se estructura su sociedad y cómo funciona; esto hace que los lectores participen en el proceso interpretativo del personaje y lleguen a la misma comprensión. Riofrío al igual que los realistas llevan al análisis y a la crítica de la sociedad. De esta manera, los mundos de ficción abren evocando un espacio y unos personajes que el lector acepta como semejantes a los conocidos. Aún más, los personajes son tipos históricos y las características sociales que se ofrecen para la crítica son familiares para el lector.

Siguiendo a sus modelos, Riofrío es un Realista consciente de sus límites; representa aquello que el lector acepta como verosímil y no hechos históricos verdaderos; es decir lo que estaría condicionado el lector a creer si hubieran sucedido esas circunstancias. Para lograr esto proporciona razones y motivaciones que convencen al lector de que los acontecimientos en su narración se conforman a las expectaciones culturales ordinarias.

De esta manera, Riofrío se aventuró en la ficción en una zona hasta entonces no trabajada por sus compatriotas e incluso por muchos hispanoamericanos en ese momento. Las nuevas ideas democráticas estimularon en él un enfoque más amplio con el que pudo retratar los rasgos dominantes de su sociedad, en la que la moral mal entendida y las ideas del pasado constreñían el pensamiento y estancaban el desarrollo de la comunidad. De esta manera, lleva a considerar las relaciones entre las clases sociales y entre los géneros, y las formas de comportamiento que se habían entronizado. Leer La emancipada es percibir una versión bastante cercana a la sociedad decimonónica real; participar en un análisis de su estructura y experimentar el texto de una manera no idéntica sino análoga a una forma de experimentar la vida.

FLOR MARÍA RODRÍGUEZ-ARENAS

BIBLIOGRAFÍA

Aguirre, Fausto. «Introducción». *La emancipada*. Miguel Riofrío (1992). Quito: Libresa, 1992. 7-76.

Albán Gómez, Ernesto. «La literatura ecuatoriana en el siglo XIX». *Nueva historia del Ecuador. Época Republicana II*. Vol 8. Enrique Ayala Mora, (ed.). Quito: Corporación Editora Nacional - Grijalbo, 1990. 79-114.

Altman, Janet Gurkin. «The Letter Book as a Literary Institution: 1539-1789». *Yale French Studies* 71 (1986): 17-62.

Arboleda, Gustavo. *El periodismo en el Ecuador, datos para un estudio*. Guayaquil: Linotipos de El Grito del Pueblo, 1909.

Arrom, José Juan. *Esquema generacional de las letras hispanoamericanas. Ensayo de un método*. Bogotá: Instituto Caro y Cuervo, 1963.

Austin, John. L. *How to Do Things with Words*. Cambridge, Massachusetts: Harvard University Press, 1962.

Ayala Mora, Enrique. «La fundación de la república: panorama histórico (1830-1859). *Nueva historia del Ecuador. Época Republicana I*. Vol. 7. Enrique Ayala Mora, (ed.). Quito: Corporación Editora Nacional - Grijalbo, 1990. 143-195.

_____. «La relación Iglesia-Estado en el Ecuador del siglo XIX». *Antología de Historia*. Jorge Núñez S. (Comp).Quito - Ecuador: FLACSO, 2000. 65-94.

Ayala Mora, Enrique y Rafael Cordero Aguilar. «El periodo garciano: panorama histórico (1860-1875). *Nueva historia del Ecuador. Época Republicana I*. Vol. 7. Enrique Ayala Mora, (ed.). Quito: Corporación Editora Nacional - Grijalbo, 1990.

Bachelard, Gaston. *La poética del espacio*. 1957. Buenos Aires: Fondo de Cultura Económica, 1991.

Barrera, Isaac J. *Historia de la literatura ecuatoriana*. Quito: Casa de la Cultura Ecuatoriana, 1960.

_____.*La prensa en el Ecuador*. Quito: Editorial Casa de la Cultura Ecuatoriana, 1955.

Bernheimer, Charles. *Figures of Ill Repute. Representing Prostitution in Nineteenth Century France*. Durham and London: Duke University Press, 1997.

Berrio, Jordi. *Teoría social de la persuasión*. Barcelona: Editorial Mitre, 1983.

Bourdieu, Pierre. «Estrategias de reproducción y modos de dominación». Trad. Miguel A. Casillas. *Colección Pedagógica Universitaria* 37-38 (ene.-dic., 2002): 1-21. [Originalmente en: *Actes de la Recherche en Sciences Sociales* 105 (dic., 1994)].

_____. «Génesis y estructura del campo religioso». *Relaciones* XXVII 108 (2006): 28-83. [Originalmente en: *Revue Française de Sociologie* XXI (1971): 295-334].

_____. *La dominación masculina*. Trad. Joaquín Jordá. Barcelona: Editorial Anagrama, 2000.

_____. *Languaje and Symbolic Power*. Cambridge, U.K.: Polity & Basil Blackwell, 1991.

_____. *Las reglas del arte. Génesis y estructura del campo literario*. (1992). Barcelona: Editorial Anagrama, 1997.

_____. *Other Words: Essays towards a Reflexive Sociology*. Trans. Matthew Adamson. Stanford: Stanford University Press, 1990.

Bloch, Henriette, et. al. *Gran diccionario de psicología*. (Larousse, 1992). Madrid: Ediciones del Prado, 1996.

Buci-Glucksmann, Christine. «Catastrophic Utopia: The Feminine as Allegory of the Modern». *The Making of the Modern Body. Sexuality and Society in the Nineteenth Century*. Catherine Gallagher and Thomas Laqueur (Eds.). Berkeley -Los Angeles - London: University of California Press, 1987. 220-230.

Carrión, Alejandro. «La emancipada una rebelde con causa». *La emancipada*. Miguel Riofrío. Loja - Ecuador: H. Consejo Provincial de Loja, 1974. 36-37.

Cascajero Garcés, J., «Escritura, oralidad e ideología. Hacia una reubicación de las fuentes escritas para la Historia Antigua». *Gerión* 11 (1993): 95-144.

Castilla del Pino, Carlos (ed.). *El odio*. Barcelona: Tusquets Editores, 2002.

_____. *La culpa*. Madrid: Alianza Editorial, 1991.

Ceriola, Juan B. *Compendio de la historia del periodismo en el Ecuador*. Guayaquil: Tip. y Lit. de la Sociedad Filántropica del Guayas, 1909.

Córdova, Carlos Joaquín. *El habla del Ecuador: diccionario de ecuatorianismos: contribución a la lexicografía ecuatoriana*. Cuenca, Ecuador: Universidad del Azuay, 1995.

Cuadros, Ricardo. «Crítica literaria y fin de siglo: (Rodrigo Cánovas, Novela Chilena, Nuevas generaciones, el abordaje de los huérfanos)». *Literatura y Lingüística* [Santiago de Chile] 10 (1997): 232-242.

Chacón Jiménez, Francisco. «La historia de la familia en España». Aproximación a un análisis». *La familia en Iberoamérica 155-1980*. Pablo Rodríguez (Coord.). Bogotá: Universidad Externado de Colombia - Convenio Andrés Bello, 2004. 20-47.

Edwards, Carolyn Pope. «Culture and the Construction of Moral Values: A Comparative Ethnography of Moral Encounters in two Cultural Settings». *The Emergence of Morality in Young Children*. Jerome Kagan and Shaon Lamb (Eds.). Chicago and London: University of Chicago Press, 1990. 123-151.

Fàbregas, Josep. *El arte de leer el rostro. Fisiognomía evolutiva y morfopsicología*. Barcelona: Ediciones Martínez Roca S. A., 1993.

Ferrés, Joan. *Televisión subliminal. Socialización mediante comunicaciones inadvertidas*. Barcelona: Editoral Paidós, 1996.

Foucault, Michel. *Discipline & Punishment. The Birth of the Prison*. 1975. New York: Vintage Books, 1995.

Freud, Sigmund. «Sobre un tipo especial de la elección de objeto en el hombre» (Ensayo LII-1910). *Obras completas*. Tomo II: (1905-1915) [1917]. Trad. Luis López Ballesteros y de Torres. Madrid: Editorial Biblioteca Nueva, 1996. 1625-1630.

Gallardo Moscoso, Hernán. *Historia social del sur ecuatoriano*. Quito: Casa de la Cultura Ecuatoriana, 1991.

Gay, Juan Pascual. «Cartas cabales de Tomás Segovia desde la tradición epistolar». *Alpha* 23 (dic., 2006): 167-180.

Genette, Gerald. *Figures III*. Paris: Seiul, 1972.

Giner, Salvador y Emilio Lamo de Espinosa. *Diccionario de sociología*. Madrid: Alianza Editorial, 1998.

Goetschel, Ana María. *Mujeres e imaginarios*. Quito: ABYA YALA, 1999.

González González, Fernán E. *Iglesia y Estado en Colombia*. Santafé de Bogotá: CINEP - Ediciones Ántropos, 1997.

González Marmolejo, Jorge René. *Sexo y confesión. La Iglesia y la penitencia en los siglos XVIII y XIX en la Nueva España*. México: Instituto Nacional de Antropología e Historia, Plaza y Valdés Editores, 2002.

Hassaurek, Friedrich. *Four Years among Spanish-Americans*. New York: Hurd and Houghton, 1868.

Jaramillo Alvarado, Pío. *Historia de Loja y su provincia*. Quito: Casa de la Cultura Ecuatoriana, 1955.

Jaramillo Buendía, Gladys, Raúl Pérez Torres y Simón Zabala Guzmán. *Indice de la narrativa ecuatoriana*. Quito: Editora Nacional, 1992.

Jardonova, Ludmilla. *Sexual Visions. Images of Gender in Science and Medicine Between the Eighteenth and the Twentieth Centuries*. Madison, Wisconsin: The University of Wisconsin Press, 1989.

Lacan Jacques. *The Ethics of Psychoanalysis (Seminar 7)*. London: Tavistock / Routledge, 1992.

Laqueur, Thomas. *Making Sex. Body and Gender from the Greek to Freud*. Cambridge, Massachusetts and London, England: Harvard University Press, 1992.

Larson, Charles U. *Persuasion: Reception and responsibility*. Belmont, California, Wadsworth Publishing Company, 1992.

León G., Natalia. *La primera alianza. El matrimonio criollo: honor y violencia conyugal*. Cuenca: 1750-1800. Quito: Nueva Editorial, 1997.

León, Natalia Catalina y Cecilia Méndez Mora. «Poder y amor. Articulaciones e instituciones familiares en la larga duración, Ecuador». *La familia en Iberoamérica 155-1980*. Pablo Rodríguez (Coord.). Bogotá: Universidad Externado de Colombia - Convenio Andrés Bello, 2004. 290-325.

Longacre, Robert E. *The Grammar of Discourse*. New York: Plenum Press, 1983.

Moliner, María. *Diccionario de uso del Español*. Madrid: Editorial Gredos, 2001.

Mchugh. Louise, Yvonne Barnes-Holmes, Dermot Barnes-Holmes, Ian Stewart y Simon Dymond. «Deictic Relational Complexity and the Development of Deception». *The Psychological Record* 57 (2007): 517-531.

Mortimer, Armine Kotin. *Writing Realism. Representation in French Fiction*. Baltimore y London: The John Hopkins University Press, 2000.

Moscoso, Marta (ed). *Y el amor no era todo... Mujeres, imaginarios y conflictos*. Cayambe-Ecuador: ABYA YALA, 1996.

Neira, Raúl. «Construcción social de la "domesticidad" de la mujer en la novelística ecuatoriana: *La emancipada* (1863)». Tradición y actualidad de la literatura iberoamericana. Tomo I. Pamela Bacarisse (ed.). *Actas del XXX Congreso del Instituto Internacional de Literatura Iberoamericana*. Pittsburgh: University of Pittsburgh, 1995. 147-152.

Nochlin, Linda. *El Realismo*. 1971. Trad. José Antonio Suárez. Madrid:Alianza Editorial S.A., 1991.

Núñez Sánchez, Jorge. «Inicios de la educación pública en el Ecuador». *Antología de Historia*. Jorge Núñez S. (Comp). Quito - Ecuador: FLACSO, 2000. 189-211.

_____. *El Ecuador en el siglo XIX*. Ensayos históricos. Quito: Imprenta del consejo Provincial de Pichincha, 2002.

Pedraja, René de la. «La mujer criolla y mestiza en la sociedad colonial, 1700-1830». *Desarrollo y Sociedad* (Bogotá) 13 (enero, 1984): 198-220.

Peña, Belisario. «Empleados del Colejio». *Crónica del Colejio de la Unión* (Quito) 1.2 (abril 5, 1869): 21-23.

Pérez, Galo René. *Literatura del Ecuador 400 años*. Quito, Ecuador: Ediciones ABYA-YALA, 2001.

Pérez T., Aquiles R. *Los paltas (Provincia de Loja)*. Quito: Casa de la Cultura Ecuatoriana, 1984.

Percival, Melissa. *The Appearance of Character*. London: W. S. Maney & Son LTD for the Modern Humanities Research Association, 1999.

Porter, Charles A. «Foreword». *Yale French Studies* 71 (1986): 1-16.

Puertas Moya, Francisco Ernesto. *La escritura autobiográfica en el siglo XIX: El ciclo novelístico de Pio Cid considerado como la autoficción de Ángel Ganivet*. Universidad de Zaragoza, 2004. Tesis de doctorado.

Reardon, Kathleen K. *La persuasión en la comunicación. Teoría y contexto*. Barcelona: Paidós, 1983.

Ricoeur, Paul. *La lectura del tiempo pasado: memoria y olvido*. Madrid: Arrecife - Universidad Autónoma de Madrid, 1999.

Riffaterre, Michael. *Truth in Fiction*. Baltimore and London: The John Hopkins University Press, 1990.

Riofrío, Miguel. *La emancipada*. Loja - Ecuador: H. Consejo Provincial de Loja, 1974.

_____. *La emancipada*. Cuenca - Ecuador: Universidad de Cuenca, 1983.

_____. *La emancipada*. 4ª ed. Quito: Editorial El Conejo, 1994.

Rodríguez-Arenas, Flor María. «Ideología, representación y actualización: el Realismo en *La Emancipada* de Miguel Riofrío (1863)». *La emancipada*. Edición crítica. Flor María Rodríguez-Arenas. Buenos Aires: Stockcero. 2005. v-xlvi.

_____. *La emancipada*. Miguel Riofrío. (Edición crítica). Buenos Aires: Stockcero. 2005.

_____. *Periódicos literarios y géneros narrativos menores: fábula, anéc-dota y carta ficticia*. Colombia (1792- 1850). Doral, Florida, USA: Stockcero, 2007.

Rolando, Carlos A. *Cronología del periodismo ecuatoriano. Pseudónimos de la prensa nacional*. Guayaquil: Imp. i Papelería Mercantil Monteverde & Velarde, 1920.

_____. *Las bellas letras en el Ecuador*. Guayaquil: Imprenta i Talleres Municipales, 1944.

Ruiz Rivera, Julián B. *Gabriel García Moreno dictador Ilustrado del Ecuador*. Biblioteca Iberoamericana 26. Madrid: Ediciones Anaya, 1988.

Sacoto, Antonio. «Introducción». *La emancipada*. Miguel Riofrío. Cuenca - Ecuador: Universidad de Cuenca, 1983. 7-19.

Sangrador, José Luis. «Consideraciones psicosociales sobre el amor romántico». *Psicothema* 5 (1993): 181-196. [suplemento].

Sarrión Mora, Adelina. *Sexualidad y confesión: la solicitación ante el Tribunal del Santo Oficio (siglos XVI-XIX)*. Madrid: Alianza Editorial, D.L., 1994.

Searle, John R. *Speech Acts: An Essay in the Philosophy of Language*. Cambridge: Cambridge University Press, 1969.

Silva, Erika, «Estado, Iglesia e ideología en el siglo XIX». *Nueva historia del Ecuador. Época Republicana II*. Vol 8. Enrique Ayala Mora, (ed.). Quito: Corporación Editora Nacional - Grijalbo, 1990. 9-44.

Showalter Jr., English. «Authorial Self-Consciousness in the Familiar Letter: The Case of Madame de Graffigny» *Yale Frech Studies: Men and Women of Letters* 71 (1986): 113-130.

Simón, Vicente M. «El ego, la conciencia y las emociones: un modelo interactivo». *Psicothema* (2001): 205-213.

Sosa Cevallos, Ximena y Cecilia Durán Camacho. «Familia, ciudad y vida cotidiana en el siglo XIX». *Nueva historia del Ecuador. Época Republicana II*. Vol 8. Enrique Ayala Mora, (ed.). Quito: Corporación Editora Nacional - Grijalbo, 1990. 157-192.

Stacey Chiriboga, Marcia. *Miguel Riofrío Sánchez, entre la patria y la pluma*. Quito: [s.edit], 2001.

Stacey de Valdivieso, Marcia. *La polémica sangre de los Riofrío. La casa de Riofrío en Segovia, Ecuador, Perú, Chile*. Quito -Ecuador: [s.edit], 1997.

Stimilli, Davide. *The Face of Inmortality. Physiognomy and Criticism*. Albany, N.Y.: State University of New York Press, 2005.

Tobar Donoso, Julio. «La instrucción pública de 1830 a 1930». *Monografías históricas*. Quito: Editorial Ecuatoriana, 1937.

Thrift, N. J. *Spatial Formations*. London: Sage, 1996.

Tytler, Graeme. *Physiognomy in the European Novel. Faces and Fortunes*. Princeton, New Jersey: Princeton University Press, 1982.

Villanueva, Darío. *Teorías del Realismo literario*. Madrid: Instituto de España - Espasa-Calpe, 1992.

Vitale, Luis. *La mitad invisible de la historia latinoamericana: el protagonismo social de la mujer*. Buenos Aires: Sudamericana - Planeta, 1987.

LA
EMANCIPADA

Fuentes principales para el léxico de las notas: Córdova 1995; Moliner 2001 [Véase bibliografía del estudio].

Nada inventamos: lo que vamos a referir es estrictamente histórico: en las copias al natural hemos procurado suavizar tanto lo grotesco para que se lea con menos repugnancia. Daremos rapidez a la narración deteniéndonos muy poco en descripciones, retratos y reflexiones.

Primera Parte

Capítulo I

En la parroquia[1] de M... de la República ecuatoriana se movía el pueblo en todas direcciones, celebrando la festividad de la Circuncisión, pues era primero de enero de 1841. Sólo un recinto estaba silencioso y era el jardín de una casa cuyas puertas habían quedado cerrojadas[2] desde la víspera. Allí hablaba una joven lugareña con un joven recién llegado de la capital de la República.

El joven era de mediana estatura, de facciones regulares y un tanto cogitabundo.[3]

En la joven, su altura, flexibilidad y gentileza se ostentaban como el bambú de las orillas de su río: su tez[4] fina, fresca y delicada la hacía semejante a la estación en que los campos reverdecen; la ceja negra, y las pupilas y los cabellos de un castaño oscuro le daban cierta gracia que le era propia y privativa: su mirar franco y despejado,[5] una ondulación que mostraba el labio inferior como desdeñando el superior y el atrevido perfil de su nariz, daban a su rostro una expresión de firmeza inconmovible. No había una perfecta consonancia en sus facciones; por eso el conjunto tenía no sé qué de extraordinario: la limpieza de su frente y la morbidez[6] de sus mejillas que se encendían con la emoción, parecían signos de candor: la barba perfectamente arqueada imprimía en todo su rostro cierto aire de voluptuosidad: una contracción casi imperceptible en el entrecejo mostraba haber reprimido de tiempo atrás alguna pasión violenta: el cuello levemente agobiado[7] le daba una actitud dudosa entre la timidez y la modestia: de modo que ningún fisónomo habría podido adivinar su carácter moral y fisiológico con bastante precisión.

---

1 *Parroquia*: es la división administrativa más pequeña del territorio del Estado. En el pasado, coincidían con las divisiones eclesiásticas.
2 *Cerrojada*: casa cerrada con una barra de hierro que se pasa entre una anillas o armellas.
3 *Cogitabundo*: meditabundo, pensativo.
4 *Tez*: cutis (superficie de la piel del rostro).
5 *Despejado*: el que entiende las cosas con rapidez y sabe obrar como conviene.
6 *Morbidez*: delicadeza.
7 *Agobiar*: causar abatimiento o sensación de impotencia el exceso de trabajo u otra cosa a la que hay que hacer frente o que hay que soportar.

De qué hablaban, se puede adivinar fácilmente si se atiende a que el joven había estudiado las materias de enseñanza secundaria en la ciudad más cercana a la parroquia de que nos ocupamos, y que iba a pasar sus temporadas de recreo en casa de la joven. Se conocerá más claramente cual había sido su pensamiento dominante, cuando se sepa que después de terminado el curso de artes, había pasado a hacer sus estudios profesionales en la Capital, y había estudiado con todo tesón[8] necesario para recibir la borla,[9] dar media vuelta a la izquierda y volver a cierto lugar que sus condiscípulos deseaban conocer porque lo había pintado muchas veces en los ensayos literarios que se le obligaba a escribir en la clase de Retórica. En uno de estos había dicho:

«Quedaos vosotros, hijos de la corte,[10] en la región de las *Pandcetas*,[11] y el *Digesto*[12] y las partidas.[13] Yo de la jerarquía de doctor pasaré a la de aldeano, porque allí mora la felicidad.

»Las hoyas de los dos Malacatus, Uchima, Chambo y Solanda[14] con sus preciosidades vegetales y sus vistas pintorescas acogerán el resto de mis días.

»Las vegas[15] son allí un salpicado caprichoso de alquerías,[16] casas pajizas, ingenios de azúcar, platanales, plantíos de caña dulce y pequeñas praderas en que pacen los ganados. Todo esto recibe un realce[17] sorprendente con el relieve de los árboles ya gigantescos, ya medianos, que nacen y crecen sin sistema artístico y con la sola simetría que la naturaleza pudo darles. La ceiba, el aguacate, el guayabo, el naranjo y el limonero son los más comunes matices de los platanares, los cañizales y los prados.

»A la margen de los ríos se levantan, se extienden y entrelazan los bambúes, los carrizos, los laureles, el sauce y el aliso. En las colinas levántase el arupo[18] para mostrar de lo alto su copa y sus ramilletes.

»Como el placer y el dolor en el corazón del hombre, así alternan a la falda de esos cerros y en la parte agreste de esos valles, el fai-

---

8   *Con todo tesón*: con gran diligencia.
9   *Recibir la borla*: graduarse en la universidad.
10 *La corte*: población principal.
11 *Pandcetas*: (Pandectas): compendio de varias obras como el del derecho civil romano.
12 *Digesto*: código que comprende las Novelas y otras constituciones. Conjunto de las dos colecciones anteriores, o sea, el Digesto y el Código.
13 *Partidas*: compilación de leyes.
14 *Malacatus, Uchima, Chambo* y *Solanda*: ríos de la provincia de Loja al sur de Ecuador. En 1705, los jesuitas recibieron como donación la hacienda 'Malacatos' con todos sus anexos denominados: Uchima, Tumianume, Santa Cruz, Santa Ana y Santo Domingo, en la jurisdicción de Loja (Pérez T. 1984, 51).
15 *Vega*: terreno bajo, llano y con cultivos de huerta, generalmente atravesado por un río del que toma nombre.
16 *Alquerías*: fincas, granjas.
17 *Realce*: importancia, esplendor.
18 *Arupo*: árbol muy ramificado de unos 6-8 m de alto que crece al sur de Ecuador y norte del Perú.

que[19] con sus espinas y el chirimoyo [20] con la frescura de su follaje, la fragancia de sus flores y lo sabroso de su fruta.

»Las acequias que partiendo de los azudes,[21] van a humedecer los terrenos regadizos, dan de beber a las plantas, atraviesan los setos y recorren las heredades moviéndose y rielando[22] como serpiente de diamante.

»En los ribazos[23] se forma algunas veces una sociedad heterogénea: las cabras, las vacas, las yeguas ramonean[24] el césped que Dios creara para ellas; y a la par de éstas el hombre recoge de los mismos parajes el díctamo,[25] el azafrán, la doradilla, la canchalagua,[26] y extrae la miel y la cera que fabrican las abejas. Más allá, las altiplanicies pobladas de higuerones, cedros, faiques y guayacanes, sirven de aprisco[27] y majada a los rebaños y de sesteadores[28] al campesino.

»La más célebre de sus cordilleras es Auritosinga,[29] cuyo nombre ha viajado alrededor del mundo, unido a la preciosa corteza que allí se descubrió.

»Las campiñas y las florestas[30] están siempre animadas por la antifonía[31] de las aves canoras[32] y de las aves bulliciosas.[33]

»Tal es el templo en que daré culto a una Deidad».

Cuando se le imponía el deber de escribir memorias geográficas de su provincia, hablaba a duras penas de todo lo que no era su parroquia predilecta, y cuando de esta escribía mencionaba hasta los más insignificantes pormenores aunque estos quedaran fuera del tema que se le había señalado. En uno de los ensayos decía con referencia a su pueblo:

---

19 *Faique*: nombre quechua para la acacia.
20 *Chirimoyo*: árbol pequeño, de 5-7 m. de altura, con el tronco recto de corteza lisa y gruesa; ramaje frondoso; flores colgantes, solitarias, aromáticas; fruto grande, carnoso generalmente algo cónico-globoso de color verde, con la superficie reticulada por marcas características. Contiene semillas negruzcas, aplastadas, de 1-1.5 cm de longitud. 21
   Azud: presa pequeña en un río, canal o acequia. También, rueda colocada en un curso de agua que, movida por la misma corriente, saca el agua de ella. Noria.
22 *Rielar*: temblar con el movimiento del agua una luz que se refleja en ella.
23 *Ribazo*: terreno en declive pronunciado; por ejemplo, a los lados de una carretera o de un río.
24 *Ramonear*: cortar las puntas de las ramas de los árboles. Pacer los animales las puntas tiernas de los árboles, directamente o cortadas previamente.
25 *Díctamo*: orégano.
26 *Canchalagua*: (del araucano «cachanlagua», hierba medicinal para el dolor del costado). Nombre aplicado a varias plantas americanas que se usan en medicina.
27 *Aprisco*: lugar cercado en el campo, donde se encierra o recoge por la noche el ganado.
28 *Sesteadores*: lugar apropiado para tomar una siesta.
29 *Auritosinga* o *Uritusinga*: bosques situados a 16 kms al sur de Loja. En el siglo XVIII se descubrió en estos bosques la quinina en la corteza de la cascarilla (*Chinchona officinales*) como cura contra la malaria.
30 *Floresta*: lugar agradable, poblado de plantas y de flores.
31 *Antifonía*: sonidos contrarios emitidos por las aves.
32 *Canora*: aves o pájaros que cantan.
33 *Bulliciosa*: persona que hace bulla (ruido confuso de voces, risas y gritos).

»Desde el 24 de diciembre hasta mediados de enero mostraban esos campos sus escenas peculiares.

»En algunas alquerías de segunda orden se formaban lo que llaman altar de nacimiento. Estos son simulacros[34] más o menos grotescos del portal de Belén. La cuna de Jesús ocupa el culmen[35] y van descendiendo en forma de anfiteatro, los reyes, los pastores, los niños degollados por Herodes, el paraíso terrenal con huertos y animales, mezclado todo con sucesos muy recientes y aún con cuadros de costumbres lugareñas. Las figuras en que todo esto se representa son de diversos materiales, pero más comúnmente de madera; algunas de estas figuras son de movimiento y las hacen desempeñar sus oficios empleando algún mecanismo sencillo o ingenioso.

»Cada casa en que se levanta alguno de estos altares tiene preparados bizcotelas,[36] queso, frutas escogidas, bebidas frescas, licores ordinarios y también un guitarrista y un tamborillero, para obsequiar a los visitantes con comida, bebida y bailecillos fandangos.[37]

»Cuando el baile va a empezar se retira a la sacra familia en señal de acatamiento.

»Como estos altares distan unos de otros por lo menos un kilómetro los paseos son siempre a caballo».

Así seguían las descripciones que los melindres[38] de la crítica calificaban de pesadas y ridículas, sin atender a que el compositor nada podía encontrar de útil ni de bello fuera de su recinto predilecto.

La joven por su parte, con menos reglas, pero con más corazón, había escrito sus memorias para presentarlas algún día a la única persona que podía ser su consuelo sobre la tierra: En esas memorias habrían hallado también los despreocupados mucho que despreciar, pues se reducían a pintar al natural, lo que había producido su madre, por haber recibido lecciones de un religioso ilustrado, llamado padre Mora,[39] a quien comisionara el Libertador Bolívar[40] para

---

34 *Simulacro*: apariencia de lo que se expresa sin serlo en realidad.
35 *Culmen*: la parte más alta.
36 *Bizcotela*: tarta de bizcocho recubierta de azúcar glaseado.
37 *Fandango*: baile alegre conservado hoy en Andalucía, a tres tiempos y de movimiento vivo. Coplas y música con que se acompaña. Existe con variaciones en América Latina.
38 *Melindres*: escrúpulos exagerados o afectados.
39 *Sebastián Mora Bermeo*: sacerdote quiteño que ayuda a difundir las escuelas lancasterianas. El Congreso General de Colombia, en 1821, decretó la instalación de escuelas normales de método lancasteriano en las principales ciudades de la República, el ejecutivo decretó más tarde que las escuelas normales fueran establecidas en Bogotá, Caracas y Quito. Desde 1820, el gobierno había iniciado la contratación de profesores para el establecimiento de escuelas, el franciscano Mora Bermeo, conocedor del método fue nombrado director de la escuela normal de Bogotá. Al renunciar, el religioso quiteño fue encargado de establecer una escuela similar en la capital del Distrito del Sur, Quito, donde desarrolló su actividad educativa, desde 1824 (véase Tobar Donoso 1937, 463-539).
40 *Simón Bolívar*: (Caracas 1783-Santa Marta 1830) héroe de la independencia de cinco países suramericanos. Por apoyar y alcanzar la emancipación de cinco países del poder colonial español recibió el título de El Libertador.

la fundación de las escuelas lancasterianas.[41] Pintaba los tiernos sentimientos que esta madre así instruida sabía inspirar, y que después de referir las escenas que habían precedido al fallecimiento de esa buena madre, agregaba:

«Una semana después de haber sepultado a mi madre, cuando todavía estaban mis ojos hinchados por las lágrimas, recogió mi padre todos mis libros, el papel, la pizarra, las plumas, la vihuela y los pinceles: formó un lío con todo esto, lo fue a depositar en el convento y volvió para decirme: –Rosaura, ya tienes doce años cumplidos; es necesario que desde hoy en adelante vivas con temor de Díos; es necesario enderezar tu educación, aunque ya el arbolito está torcido por la moda; tu madre era muy porfiada y con sus novelerías ha dañado todos las planes que yo tenía para hacerte una buena hija; yo quiero que te eduques para señora y esta educación empezará desde hoy.

»Tú estarás siempre en la recámara y al oír que alguien llega pasarás inmediatamente al cuarto del traspatio; no más paseos ni visitas a nadie ni de nadie. Eduardo no volverá aquí. Lo que te diga tu padre lo oirás bajando los ojos y obedecerás sin responderle, sino cuando fueres preguntada. –¿Y no podré leer alguna cosa?, –le pregunté; –Si, me dijo, podrás leer estos libros, y me señaló *Desiderio y Electo*,[42] los sermones del padre Barcia[43] y los Cánones penitenciales».

Apuntados estos antecedentes y el de que el joven sabía bien que el padre de Rosaura nunca faltaba a los paseos de año nuevo, ni a la práctica de dejar a su hija encerrada cuando él salía a divertirse; y constándole además que los caminos estaban ocupados por hileras de hombres y mujeres que discurrían alegres haciendo la visita de los altares; que cada altar era una estación: que los patios estaban cuajados de caballos, bestias mulares y borricos en gran número, ya se puede deducir que el flamante doctor había penetrado hasta el jardín de Rosaura sin temor de que nadie le sorprendiese, y puede también maliciarse que de sus prácticas sublimes resultaba el recíproco propósi-

---

41 *Escuelas lancasterianas*: durante los años del siglo XIX ocurrió la revolución educativa más grande del siglo; en las escuelas se implantó el método lancasteriano ideado por los ingleses Bell y Lancaster, que contenía varias innovaciones significativas: el sistema monitorial (la organización en tiempo y espacio, que permitía que los niños más adelantados enseñasen a los otros); el organizar el tiempo escolar rigurosamente (se enseñaba simultáneamente a leer, escribir y contar); la motivación, la competencia y otros estímulos pasaron a ocupar el lugar del castigo como medio de incentivar al niño. Esta era una forma económica y efectiva de entrenar a los maestros; además preparaba a las nuevas generaciones para vivir y trabajar en el capitalismo a través del control riguroso del cuerpo, el tiempo y el espacio.

42 *Desiderio y Electo*: libro de Fray Jaime Barón y Arín, titulado: *Luz de la fe, y de la ley, entretenimiento christiano entre Desiderio, y Electo, maestro, y discípulo, en diálogo, y estilo parabólico, adornado con varias historias, y moralidades, para enseñanza de ignorantes en la doctrina cristiana* (Madrid, 1735).

43 *Sermones del padre Barcia*: libro de José de Barcia y Zambrana, titulado: *Despertador christiano sanctoral, de varios sermones de santos, de aniversarios de animas, de honras, en orden à excitar en los fieles la devoción de los santos, y la imitación de sus virtudes* (Madrid, 1727).

to de unir su suerte para siempre, en caso de que pudieran ser vencidas las tenaces resistencias que opondría el terco padre de la joven.

Esto, que es fácil de maliciarse, fue lo que en efecto sucedió: pasados los primeros momentos de sorpresa, sustos, exclamaciones y monosílabos, se refirieron recíprocamente lo que durante la ausencia había pasado. Al hablar Eduardo de sus planes de futuro enlace, se trabó este diálogo que no será inútil referir:

—¡Eduardo! –dijo Rosaura–, yo conozco a mi padre, y me estremezco al pensar que pudiera alguno de tus pasos irritarle, pues el resultado no sería otro que el de separarnos para siempre.

—Que el alma se separe del cuerpo– respondió Eduardo– puede comprenderse; pero que dos almas que se amen como yo te amo lleguen a desunirse, eso no, Rosaura; si así lo piensas, tú no me amas.

—Eduardo, yo quiero que me comprendas. En mis diez y ocho años de vida, o más bien en mi noche de diez y ocho años, no ha habido más que dos luces[44] para mí: la de mi madre que se apagó y la que ahora me está alumbrando y temo que se aleje al cometer una imprudencia... En mi sentir, cuando el amor no se enciende, el alma está en tinieblas... quise decir que amo a mi madre en el cielo, porque no puedo amarla de otra manera: este es un amor que hace llorar: el tuyo es un amor vivo que hace esperar, soñar y estremecerse... Yo hablo fuera de mí... ¡qué hacer!, al fin direlo todo: mi padre tiene interés en que nadie me conozca, y menos tú porque teme que se descubran algunos secretos... Pero, retírate por ahora, amigo mío, porque va a anochecer y puede venir alguien.

---

44 *Luz*: capacidad para entender o pensar.

CAPÍTULO II

A l amanecer del día siguiente, recibió Eduardo una carta de un íntimo amigo suyo que estaba en todos sus secretos, quien le decía:

»Querido Eduardo: prepara el ánimo para oír cosas terribles: es preciso que cobres fuerzas y leas esta carta hasta el fin. Conforme a lo
convenido asistí al baile del niño.

»Son las dos de la mañana: oigo todavía el canto y el tamboril: don
Pedro está en el baile y creo que no verá a su hija hasta muy tarde.
Puedes aprovechar de los momentos que son preciosos, entre el cu-
ra y don Pedro van a sacrificar a Rosaura, si acaso no andas listo.

»Don Pedro había apurado las copas como siempre, y se convirtió
en hazmerreír[45] de los tunantes.[46] En uno de los corros le hablaron
del próximo matrimonio de la monjita (así llaman a Rosaura) y le
oí estas palabras que me helaron todas las fibras: el cura me ha dado un buen novio para ella y le he admitido a ojo cerrado, porque
sé que un cierto mocito ha venido ya a amostazarme la sangre.

»Mañana en la misa de este niño será la primera amonestación.[47] Pasado mañana en la misa de los paileros[48] será la segunda amonestación. El día de los Santos Reyes[49] la monjita será esposa legítima de
don Anselmo de Aguirre, propietario de terrenos en Quilanga.[50]

»Con una angustia mortal, aunque sin dar entero crédito a lo que acababa de oír, me acerqué a hablar con el cura, al tiempo que éste se

---

45 *Hazmerreír*: persona ridícula, que es la diversión de determinada gente o en cierto sitio:
    'Es el hazmerreír de sus compañeros de clase'. Mamarracho, tipejo.
46 *Tunante*: se aplica a la persona desaprensiva y, a la vez, astuta y hábil para obrar en su
    provecho. Granuja. Puede, lo mismo que «granuja», aplicarse en broma y con simpatía,
    sobre todo a los niños.
47 *Amonestación*: publicar en la misa mayor los nombres de los que se van a casar para que
    si alguien conoce algún impedimento para su matrimonio, lo haga saber.
48 *Pailero*: persona que arregla, hace o vende pailas u otros cacharros metálicos.
49 *Día de los Santos Reyes*: celebración religiosa que se efectúa el 6 de enero.
50 *Quilanga*: cantón que queda el suroccidente de Loja.

sentaba en un taburete para saborear un vaso de aguanaje que le acababan de servir. Al mismo tiempo se acercó don Pedro, haciéndole al cura mímicas contorsiones y señalando con el índice a dos viejos que le seguían, dijo: —Oiga mi padre cura, lo que me dicen estos bellacos:[51] me dicen que hago mal en dejar correr las amonestaciones, antes de haber pedido el consentimiento de la novia, como si mi hija pudiera dejar de consentir en lo que su padre le mande.

»El cura se arrellanó,[52] nos dirigió una mirada a estilo de Sultán: tragó un bocado de aguanaje, produciendo un ruido repugnante, y con afectada gravedad respondió: —Sin duda no sabrían esos señores que yo soy quien lo ha dispuesto. —No, señor, no sabíamos, –repuso uno, bajando la cabeza–. Si el señor cura lo ha dispuesto, bien dispuesto está, –dijo el otro–; todos tres se retiraron.

»—Señor cura –le dije yo–, el asunto es grave y si me permitiera le haría algunas reflexiones.

»—¿Qué reflexiones serán esas? –me respondió sin mirarme y con la vista fija en los que empezaban a bailar.

»—La primera es que las hijas no son esclavas ni de sus padres ni de los curas.

»—¿Y es un pascasio[53] el lancasteriano quien ha de venir a enseñarme?

»—Sí señor, un pascasio lancasteriano tiene derecho para decir a un señor cura que si en verdad somos cristianos, debemos ser sustancialmente distintos de aquellos pueblos en que la mujer es entregada como mercancía a los caprichos de un dueño a quien sirve de utilidad o de entretenimiento, mas no de esposa. El cristiano debe penetrarse de lo que es una esposa conforme al cristianismo, y de que las hijas de la que fue Madre de Dios deben valer algo más que los animales que se encierran en un redil para que vivan brutalmente.

»En contestación me arremetió con distingos y subdistingos[54] disparatados.

»Conocí que era infructuosa toda discusión con un hombre a quien todos admiraban y aplaudían hasta por las cruces que se hacía al tiempo de bostezar, y me salí sin despedirme.

»Me he detenido en pormenores[55] para que conozcas entre qué hombres estamos y pienses en lo que mejor te convenga».

A las seis de la mañana Rosaura recibió una carta de Eduardo en

---

51   *Bellacos*: pícaros.
52   *Arrellanarse*: sentarse con comodidad, en actitud de abandono.
53   *Pascasio*: antiguamente, estudiante de la universidad que se iba a pasar las pascuas fuera de la ciudad.
54   *Distingo*: reparo o distinción sutil con que alguien deja de asentir totalmente a una cosa o desvirtúa algo que él mismo dice.
55   *Pormenores*: detalles.

que le daba las noticias de lo anterior, y continuaba diciendo:

»Tú sabes bien que tu padre no puede obligarte a que te cases sin tu voluntad. Yo aguardaré los tres años que te faltan para ser libre,[56] o pediremos las licencias en los términos que nos permite la ley.

»No sé quien es el hombre que cuenta ya con tu mano, pero tengo la evidencia de que no te ama, pues ni siquiera te conoce; mientras que tu corazón y el mío han sido creados para amarse eternamente. Ahora resulta que un muro va a interponerse entre nosotros dos; pero ¿qué muro podría resistir al poder excelso del amor? Vence tú en lo que a ti sola corresponde: piensa que tu madre habría bendecido nuestra unión, y este pensamiento dará vigor a tus esfuerzos: piensa que con pocos días de una resolución enérgica y perseverante aseguras la libertad de tu vida entera.

»Dime alguna palabra: haz algún signo que yo pueda comprender cuando necesites de mi auxilio. Yo estaré siempre en las inmediaciones de tu casa: día y noche me tendrás a tu disposición para luchar como atleta si te amenaza algún peligro. Según lo dispuesto por el cura nada te dirá tu padre hasta pasado mañana. Desde ese día estaré cerca de ti para atender a la menor indicación.

»Siento que el alma me agranda y las fuerzas se duplican cuando pienso en nuestro amor. Bendeciría mi hora postrera si consiguiese expirar sacrificándome por ti.

»Tuyo para siempre. Eduardo».

Dos horas después, el ladrido de los perros anunció que don Pedro de Mendoza se acercaba a su alquería.

Rosaura corrió azorada[57] a recostarse en su lecho.

Como la fisonomía de don Pedro carecía de expresión, bastará para presentar su persona una rápida silueta. Era un campesino, alto, enjuto,[58] de nariz roma,[59] barba gris que le bajaba hasta la mitad de la mejilla, ojos pardos de un mirar entre estúpido y severo, frente calva un poco estrecha hacia las sienes, color rojizo y labios amoratados. Entró en el patio de su casa cabalgando una mula negra; para apearse recogió la parte delantera de su poncho grana[60] y la echó al hombro izquierdo. Se desmontó, ató el cabestro[61] a un pilar, safó de la quijada la tira[62] de cordobán[63] que sostenía su enorme sombrero

---

56 *Tres años para ser libre*: para entrar en el goce de los derechos de ciudadanía, se requería: 1. Ser casado, o mayor de veintidós años; 2. Tener una propiedad raíz, valor libre de 300 pesos, o ejercer alguna profesión, o industria útil, sin sujeción a otro, como sirviente doméstico, o jornalero; 3. Saber leer y escribir (Constitución del Ecuador, 1830)..

57 *Azorada*: asustada.

58 *Enjuto*: delgado.

59 *Nariz roma*: nariz poco puntiaguda.

60 *Grana*: color rojo oscuro, como el de los granos de la granada madura.

61 *Cabestro*: cuerda o correa que se ata al cuello de una caballería como rienda, para conducirla o atarla con ella.

62 *Tira*: trozo largo, estrecho y delgado de cualquier material.

63 *Cordobán*: trozo largo, estrecho y delgado de piel.

amarillento: al quitarse las espuelas y las amarras, divisó en el patio las huellas de una bestia, las observó con prolijidad:[64] cobró una expresión iracunda: entró estrepitosamente en la sala: llamó a su hija, y como ésta no respondía, la buscó por todas partes hasta que fue a hallarla en su dormitorio.

—¿Con que estamos de lágrimas? –le dijo–, ¿por qué son esas lágrimas?... y... ¡Sigue llorando y no responde!... ¿Quién ha venido a caballo esta mañana?

—Un muchacho.

— ¡Linda respuesta! ¡Un muchacho!, cuando sueltas esas palabras, diciendo con miedo un muchacho, y te quedas allí llorando, es porque ha habido alguna picardía.[65]

—Eso no, señor, –dijo Rosaura levantándose.

—Pues entonces ¿quién era el muchacho y a qué ha venido?

—Fue el paje de Eduardo Ramírez y vino a darme la noticia de que se trata de casarme el 6 del presente.

—¿Por eso estás llorando?

—Ya no lloro: perdone Ud. la niñada de haber creído por un rato que Ud. hubiera convenido en entregarme para siempre a un hombre que ni siquiera he conocido.

—Eres todavía muy muchacha y estás mal educada: debes saber que el señorío de esta jurisdicción es vizcaíno[66] y asturiano[67] puro, y desde el tiempo de nuestros antepasados ha sido costumbre tener las doncellas siempre en la recámara y arreglarse los matrimonios por las personas de consejo y de experiencia que son los padres de los contrayentes. Así me casé yo con tu madre, y en realidad de verdad, al no haber sido así, no me habría casado, porque tus abuelos (que Dios haya perdonado y tenga entre Santos) cometieron el desbarro[68] de que un maldito fraile (perdóneme su corona),[69] que vino a esa tontera de escuelas normales, hiciera leer malos libros a la muchacha. Con ese veneno se volvió respondona, murmuradora de los predicadores, enemiga de que se quemaran ramos benditos[70] para aplacar la ira de Dios, y amiga de libros, papeles y palabras ociosas; de modo que nadie quiso casarse con ella en la ciudad, y con justa razón, porque ella en vez de hilar y cocinar, que es lo que deben saber las mujeres, le gustaba preguntar en dónde estaba Bolívar, quiénes se iban al Congreso, que decía la *Gaceta*,[71] y guardaba como cosa de reliquia

---

64　*Prolijidad*: con demasiado cuidado o esmero.
65　*Picardía*: manera de obrar hábil y con intención encubierta, engaño o simulación.
66　*Vizcaíno*: de Vizcaya, provincia española. El País Vasco está constituido por tres provincias: Álava, cuya capital es Vitoria-Gasteiz; Guipúzcoa cuya capital es San Sebastián/ Donostia; y Vizcaya, cuya capital es Bilbao.
67　*Asturias*: provincia española a orillas del mar Cantábrico; el Principado de Asturias fue sede del reino cristiano durante los siglos de invasión y gobierno árabe en el resto de la península.
68　*Desbarro*: disparate.
69　*Su corona*: cerco o aureola que se pone alrededor de la cabeza de los santos en las imágenes. Expresión dicha para que no haya represalias posteriores del mencionado y que expresa respeto.
70　*Enemiga de quemar ramos benditos*: enemiga de la tradición.
71　*La Gaceta*: nombre del periódico oficial donde se publicaban las leyes y disposiciones del gobierno.

esos libros de Telémaco[72] y no sé que otros extravagantes que le había dejado ese fraile, que ni sé cómo se llamaba: Unos le decían padre normal,[73] otros padre masón[74] y otros padre maestro.[75] Pero volvamos al asunto, como nadie quiso casarse con la masoncita remilgada,[76] me la endosaron[77] a mí diciéndome que era una perla. Bastante me hizo rabiar con sus resabios;[78] pero ya se murió y todo se lo he perdonado por amor de Dios. Con que ya ves que si a una normalista como a tu madre la casaron sin que me conociera, a una dócil y obediente como tú se la ha de casar como a persona de valer.[79] ¿Estamos en ello?... ¿No respondes?... Sabes que estoy atrasado en mis intereses, que necesito trabajar para ti misma y que no puedo estar toda la vida ocupado en cuidarte.

—Señor, ¿en qué estorbo? ¿No podría ir a encerrarme en el monasterio de la ciudad?

—Ya yo lo había pensado: no me parecería mal que estuvieses entre las esposas de Jesucristo; allí está la vida más perfecta; ojalá tu madre hubiera tenido siempre en su mano las letanías[80] y los misereres,[81] en vez de esos libros que por misericordia de Dios han ido a poder del señor cura: entonces ella y yo habríamos sido menos desgraciados: pero volviendo al asunto, he pensado que tú no debes ir. Si entraras de seglar,[82] las monjas no me dejarían sosiego, pidiéndome las expensas necesarias para tu subsistencia, y elegirían precisamente los días en que estuviese sin blanca,[83] porque así son esas monjas. De seglar ni pensar. Para monja; de velo negro, ni tengo los mil pesos de dote,[84] porque tu madre en nada me ayudó al trabajo y después... pero pasando a otra cosa: no te darían los votos para monja de velo negro,[85] por-

---

72 *Telémaco*: hijo de Ulises y de Penélope; personajes de la Iliada y la Odisea.
73 *Padre normal*: aplicado al sacerdote-maestro que se encargaba de la formación de los maestros de primera enseñanza.
74 *Padre masón*: miembro de la masonería. Masonería: asociación internacional cuyos orígenes se encuentran en cierta hermandad de albañiles del siglo VIII. Con el tiempo se convirtió en una asociación que a los fines de ayuda mutua entre sus miembros, que forman una hermandad cerrada, unió la defensa de una ideología racionalista en política y religión. Muchos de los intelectuales y hombres notables hispanoamericanos de la época estaban asociados a alguna logia masónica.
75 *Padre maestro*: los esfuerzos del gobierno por impulsar a las escuelas lancasterianas llevaron ha conformar, en 1824, una misión pedagógica hacia los departamentos del sur de Colombia. El franciscano Sebastián Mora fue el encargado de fundar las escuelas públicas de educación mutua en Quito, Cuenca, Riobamba, Ibarra y Guayaquil, acontecimiento que fue publicado en la *Gaceta de Colombia*. Sin embargo, esta labor educativa fue perseguida por los sectores tradicionales.
76 *Remilgo*: actitud o gesto en que alguien muestra delicadeza, escrúpulo o repugnancia excesivos o afectados.
77 *Endosar* o *endorsar*: traspasar a alguien algo o alguien molesto.
78 *Resabio*: vicio o mala costumbre que alguien tiene o que le queda por alguna circunstancia.
79 *Persona de valer*: persona socialmente destacada.
80 *Letanía*: rezo en que se invoca a la santísima Trinidad.
81 *Miserere*: salmo cincuenta, que empieza con esa palabra, la cual quiere decir «apiádate».
82 *Seglar*: aplicado a las personas no eclesiásticas.
83 *Sin blanca*: no tener dinero.
84 *Dote*: cantidad que entrega al convento un monje o monja al profesar.
85 *Monja de velo negro*: monjas que vivían gracias a los réditos de la dote que daban sus familias, por lo que el monasterio no se encargaba de su alimentación, vestuario, habitación y gastos. Tenían sirvientas o esclavas por lo que no necesitaban de los servicios colectivos.

que esas monjas son muy melindrosas en asunto de linaje, y aunque yo soy tan caballero como los padres de muchas de ellas, no dejan de hacerme algunos melindres, pues hubo mil de habladurías cuando me casé con tu madre; ¡cuánto mejor me hubiera estado casarme con una campesina y trabajadora como yo! Pero vamos al caso: De velo negro no se puede, y de velo blanco[86] tampoco, pues no quiero que seas criada de nadie.

—Según acaba de decirme, a usted, no le reconocen como a noble; en tal caso: ¿no podría Ud. casarme como a plebeya,[87] es decir, con alguna persona a quien mi voluntad se inclinara, siempre que esa persona fuese honrada, virtuosa, desinteresada y trabajadora?, yo creo que así sería feliz.

—Convenido, haz que tu voluntad se incline a don Anselmo de Aguirre que va a ser tu marido con la bendición de Dios, del cura y mía, y hemos concluido este asunto que ya me va fastidiando, porque detesto bachillerías[88] de mujeres, pues bastante tuve con las de tu madre.

—Mi voluntad no puede inclinarse a un desconocido... Y ¿Ud. padre mío no será capaz de...?

—¿Capaz de qué?, habla pronto, porque ya me has cansado, ¿capaz de qué?

—De sacrificarme inhumanamente, después de haberme atormentado todos los días con palabras ofensivas a la memoria de mi madre.

—¡Ingrata! ¿Te atreves a hablar así a tu padre?, bien dice el refrán: criarás cuervos para que te saquen los ojos:[89] este es el fruto de la cizaña[90] que sembró tu madre en tu corazón, por esto la maldigo y deseo que ese demonio se esté revolcando en los infiernos (Esta escena parecerá bárbara e inverosímil[91] a los que no hubiesen experimentado de cerca a nuestro déspota de aldea).

—No maldiga a mi madre... ¡Madre mía!, tu hija te bendice.

—A las perversas como tu madre se les envía maldiciones en vez de padrenuestros y avemarías, y a las inobedientes como tú se les ata de un poste y se las enseña a ser buenas hijas.

—¿Podré rogar de rodillas, padre mío?

—Así con humildad puedes hacerlo; pero es inútil porque yo necesito que te cases, he dado mi palabra[92] y a ella no he de faltar aunque te mueras.

—Yo he dado también la mía desde mi niñez y moriré antes que faltar.

—¡Demonios![93] –gritó el viejo temblándole la voz–. Y así me decías, ¡So[94]

---

86   *Monja de velo blanco*: monjas que nunca llegaban a reunir el dinero suficiente de una dote, no podían aspirar a profesar como monjas de velo negro y coro, y quedaban, por lo tanto, como monjas de velo blanco.

87   *Plebeya*: persona sin título de nobleza o jerarquía o posición económica especiales.

88   *Bachillería*: verborrea, locuacidad excesiva, pretenciosa e impertinente.

89   *Criar cuervos para que le saquen los ojos*: expresa que no se debe hacer favores a personas desagradecidas, ya que los pagarán con disgustos y molestias.

90   *Cizaña*: recelo o discordia que alguien introduce en las relaciones entre personas.

91   *Inverosímil*: poco creíble, incomprensible.

92   *Dar la palabra*: comprometerse con otro a que habrá un matrimonio.

93   *Demonios*: interjección con que se pone énfasis en algo que se dice. También, expresa enfado.

víbora[95] endemoniada!, ¡hija de tu madre!, que querías ir a un monasterio.

—Creo que sólo Dios es infinitamente superior a la persona a quien he entregado toda mi alma: esta persona es Eduardo; sólo entre Dios y Eduardo me es lícito escoger esposo: todo otro partido lo rechaza mi corazón y preferiría la muerte y los tormentos...

—Prefieres la muerte y los tormentos, pues está bien: te juro, por Dios Nuestro Señor y esta señal de la cruz, que no volverás a repetir esa palabra.

Bien se comprenderá que era don Pedro uno de aquellos tipos que caracterizan a la vieja aristocracia de las aldeas, cuyos instintos tradicionalistas les hacían feroces[96] para con sus inferiores, truhanescos[97] con sus iguales y ridículamente humildes ante cualquier signo de superioridad.

Así como su obediencia era ciega e irreflexiva a la voz de los más grandes, así la imponía, de su parte, a los más pequeños. Obedecer al fuerte y despotizar[98] al débil era su única regla de conducta y siempre la ejecutaba brutalmente. Cualquier respetuosa observación de parte de un inferior era vista como blasfemia y severamente castigada en los ratos de mal humor. La idea de justicia estaba borrada de todos los corazones y suplantada con unas pocas máximas creadas para sostener el prestigio de los curas. «Cuando Dios habla todo debe callar»: «Los sacerdotes son una caña hueca por donde Dios trasmite sus preceptos a los hombres»: «La voz del sacerdote es la voz de Dios», y otras por el mismo orden era la única moral que iba a regir en lo interior de las familias. Estos antecedentes unidos a la idea de que si Rosaura se casaba con quien no fuera un rústico, correría su padre el peligro de que se le pidiese cuenta de los bienes de su difunta esposa; al efecto físico de la beodez[99] que produce un desesperante fastidio al disiparse y al carácter personal de ese ignorante, pueden explicar, sin que se atribuya a locura el modo cómo empezó a cumplir don Pedro el juramento que acaba de hacer por Dios Nuestro Señor y la señal de la cruz. Él vio que su hija sacaba de su mismo despecho[100] la suprema resolución de sacrificarse, malició con un instinto menos fino que el del tigre, que una mujer resuelta es igual al más grande de los héroes en valor, fortaleza, improvisación de planes y presteza en realizarlos, y tomó una actitud injusta, cruel, estúpida; pero que resultó eficaz para el objeto que se propuso.

Agarró un bastón de chonta[101] con casquillo[102] de metal: salió jadeante[103]

---

94   *So*: se antepone a cualquier insulto que se dirige a alguien, en estado de irritación o en lenguaje informal.
95   *Víbora*: persona, especialmente mujer, maldiciente y de malas intenciones.
96   *Feroz*: se aplica a la persona que mata, hiere o maltrata a otras con ensañamiento.
97   *Truhán*: persona que vive engañando.
98   *Despotizar*: tratar a los demás imponiendo su voluntad sobre ellos.
99   *Beodez*: borrachera.
100 *Despecho*: enfado violento por algún desprecio o desengaño sufrido, que predispone a tomar la revancha o a hacer algo irrazonable o inspirado sólo por ese sentimiento.
101 *Chonta*: nombre aplicado a varias especies de palmeras espinosas cuya madera, dura y fuerte, se emplea en bastones por su hermoso color oscuro jaspeado.
102 *Casquillo*: pieza metálica cilíndrica que cubre la punta de un bastón.
103 *Jadear*: respirar trabajosamente, generalmente por cansancio, por el calor excesivo o por dificultad debida a enfermedad.

y demudado.[104] Dijo con voz de trueno a Rosaura: —Vas a ver los estragos que causa tu inobediencia.

La joven presentó serenamente su cabeza para que su padre la matara a garrotazos.[105] Él pasó frotándose con su hija, llegó al traspatio y le dio de palos a un indígena sirviente.

—¡Amo mío! ¡Perdón por Dios! Yo no he faltado en nada –dijo el indio.

—Sois una raza maldita y vais a ser exterminados –replicó el tirano, dirigiéndose enseguida con el palo levantado a descargarlo sobre la hija del indio que era una criatura de seis años.

Rosaura partió como una flecha[106] y paró el golpe diciendo:

—Yo no quiero que haya mártires por causa mía. Seré yo la única mártir: Mande usted y yo estoy pronta a obedecer.

—¿Te casarás?

—Me casaré.

—¿Con don Anselmo?

—Con don Anselmo.

—¿El día de los Santos Reyes?[107]

—El día de los Santos Reyes.

—Pues la paz de Dios sea en esta casa.

Rosaura partió con paso firme y frente elevada a su dormitorio: Su padre le fue siguiendo y dijo él al entrar:

—Para que no tengas de qué quejarte de mí en ningún tiempo, te dejo la libertad de que elijas los padrinos.

—Gracias. Por padrino elijo a mi padre, y sentiría en el alma que así no fuera; y en vez de la libertad de elegir madrina quisiera otro favor.

—Como no sea algún disparate.

—En caso de ser un disparate usted podrá negarme, pues no se reduce sino a que me permita escribir una carta...

—Si es a soltero, no...

—No se trataba sino de decir a una persona que, como hija obediente, voy a dar gusto a mi padre casándome con don Anselmo.

—Eso sí: Ya sé a quien; pero yo leeré la carta y yo mismo la enviaré con persona de mi confianza.

—Y si tuviera usted a bien escribirla de su puño,[108] yo la firmaría.

—¡Que me place! ¡que me place! Voy a escribirla: ¿No es para don Eduardo?

—Sí, señor:

Don Pedro volvió a su sala diciendo para sí solo:

—¡Lo que vale la energía! Ya todo lo he conseguido en menos de dos, ho-

---

104 *Demudado*: alterado el rostro o el color por una emoción.
105 *Garrotazo*: golpe dado con un palo grueso que se emplea como bastón o como arma.
106 *Partir como una flecha*: rápidamente.
107 *El día de los Santos Reyes*: fiesta religiosa que se celebra el 6 de enero.
108 *De su puño*: escribir por su propia mano.

ras: si me hubiera metido blando[109] y generoso. ¿Qué habría sido de mí? La letra con sangre entra.[110] Ahora no hay más que tener cuidado para que esa sabandija[111] no me juegue alguna mala partida: Pero no, desengañándolo al abogadito ya no hay cuidado. Esta carta me salió como miel sobre buñuelos.[112] Voy a ponérsela con desprecio,[113] porque así se debe tratar a estos muchachos; pero no, lo político no quita lo valiente.[114]

Algunos minutos después Rosaura fue llamada a firmar, y firmó sin saber lo que su padre había escrito. Al tiempo de cerrar, puso a respaldo[115] furtivamente estas palabras: «Han ocurrido cosas que me han despechado[116] y he resuelto dar una campanada.[117] Te juro que no seré de don Anselmo, vete a la ciudad antes del 6».

Don Pedro, que había salido por un minuto, volvió a entrar con el que había de conducir la carta, a tiempo que Rosaura iba a pegar la oblea.[118]

—Alto ahí, señorita –dijo; enseguida empuñó la esquela,[119] la sacó de la cubierta,[120] la desdobló y sacudió receloso[121] de que hubiese interpuesto otra hoja: Vio que estaba firmada, la cerró y la entregó al conductor.

Desde ese instante empezaron en casa de don Pedro los preparativos para el banquete y los festines nupciales.

---

109 *Blando*: ceder a la presión.
110 *La letra con sangre entra*: expresa que el conocimiento y sabiduría se adquieren con esfuerzos y sacrificio. También: para enseñar a los torpes debe ser con palos.
111 *Sabandija*: persona despreciable física o moralmente.
112 *Miel sobre buñuelos*: mejor que mejor.
113 *Ponerla con desprecio*: escribirla con desdén demostrando que la otra persona es indigna de su atención.
114 *Lo político no quita lo valiente*: la habilidad para tratar gente o para manejar los asuntos en que hay que tratar con gente no está reñida con la defensa enérgica de cualquier convicción.
115 *Respaldo*: segunda carilla de un papel escrito.
116 *Despechado*: estar dominado por el despecho, por el enfado violento que predispone a tomar represalias o hacer algo irrazonable.
117 *Campanada*: acción inesperada de alguien, que provoca escándalo o sorpresa, o muchos comentarios, en el medio social en que vive, por ser impropia de su categoría, posición o respetabilidad.
118 *Oblea*: hoja muy fina de masa de harina y agua redonda o cuadrada que se empleaban para pegar sobres y pliegos.
119 *Esquela*: carta breve, generalmente doblada en forma de triángulo.
120 *Cubierta*: sobre.
121 *Receloso*: persona que tiene una actitud de temor o desconfianza ante lo que se sospecha que puede ocultar algún peligro o inconveniente.

Capítulo III

El desventurado Eduardo, al recibir la carta pasó de una agitación terrible a otra más terrible agitación. La esquela decía así:

«Muy señor mío: Por cuanto mi señor padre me ha dicho lo que la Santa Iglesia nos enseña, conviene saber: Que los padres son para los hijos segundos dioses en la tierra y que se han de cumplir sus designios con temor de Dios, recibo por esposo al señor don Anselmo de Aguirre, porque será una encina a cuya sombra viviré[122] como buena cristiana, trabajando para mi esposo, como la mujer fuerte, y para los hijos que Dios me dará, sin mirar mis grandes pecados y sólo por su infinita misericordia; por ende,[123] podrá Ud. tomar las de villadiego.[124] Dios guarde a Ud. por muchos años. Firmado: Rosaura Mendoza».

Después de exhalar solitarias exclamaciones y derramar algunas lágrimas Eduardo se reconcentró a meditar en la naturaleza de su situación y en el partido que debería tomar:

Ella ha firmado, pensaba él, lo que su padre le ha obligado a que firmara. En la casa ha ocurrido sin duda alguna gravísima novedad. Quizá mi carta esté en manos de don Pedro; ¿si seré yo el causante de las desgracias de Rosaura? Mas yo le supliqué que me llamara y ella me dice: vete a la ciudad. Luego me dice que va a dar una campanada: este anuncio me horroriza, ¿se habría resuelto a dar un no en la puerta de la iglesia? Ese no le costaría tres años de tortura, que es el tiempo que la ley la obliga a permanecer a merced de su padre... Ella me jura que no será de don Anselmo, y parece que nada han valido ante sus ojos mi adoración de seis años, mi abnegación a todo encanto que no fuera el de sus gracias, y mi constante padecer durante una ausencia que me parecía de siglos: el término de mis esperanzas y de mi fe ¿ha de ser esa palabra: vete a la ciudad?

---

122 *Una encina a cuya sombra viviré*: un apoyo en una vida de obediencia y sumisión.
123 *Por ende*: Por tanto.
124 *Tomar las de villadiego*: Marcharse inesperadamente; huir por riesgo o compromiso.

No pudiendo deliberar por sí solo, reunió a los mejores de sus amigos y les habló con voz de agonizante, porque entre el enjambre[125] de reflexiones le había asaltado la idea de que el plan de Rosaura fuera nada menos que el de un suicidio. Sus jóvenes amigos, vivamente interesados por la suerte de ambas víctimas, después de varios proyectos y tentativas descubrieron que Rosaura estaba constantemente vigilada y que nada se podría hacer hasta el día de la ceremonia, prometiendo estar atentos a la más mínima circunstancia que ocurriese desde la madrugada del 6 hasta la hora del matrimonio.

---

125 *Enjambre*: Sinnúmero de pensamientos, cosas, animales o personas, que van o se mueven de manera semejante a como lo hace un grupo de abejas cuando van con su reina a formar una colonia nueva.

Capítulo IV

La mañana del seis de enero no estuvo en consonancia con el luto y la amargura del corazón de Eduardo. Este corazón necesitaba de un cielo denegrecido,[126] un horizonte caliginoso[127] y una atmósfera funesta,[128] y por desgracia suya a las cinco de la mañana ya se veían distintamente los extensos platanales, abrillantados por el rocío; las arboledas que parecían responder con su frescura a las sonrisas del cielo azul; las ardillas que saltaban; los pájaros que en rica variedad cantaban, silbaban y gorjeaban[129] por todas partes; los hombres y mujeres que entraban y salían afanosos por la puerta de trancas de don Pedro de Mendoza, preparando viandas[130] y bebidas para la boda.

Esta espléndida mañana parecía anunciar un triunfo más bien que un sacrificio.

Un reloj de péndola acababa de dar nueve campanadas cuando una cabalgata de seis caballeros presididos por don Pedro de Mendoza partían con dirección al caserío principal, llevando en su centro a una mujer cuyo velo verde impedía que sus facciones[131] fueran distinguidas. Este grupo entró a la plaza llamando la atención pública y se detuvo en el corredor de una casa de teja: allí ayudaron a desmontar a la joven del velo verde que entró a la sala y pasó sin detenerse al cuarto del tocador.[132]

A las once, la plaza estaba cubierta de gente repartida en diversos grupos. A la voz de, la novia va a salir, estos grupos se condensaron y apiñaron acercándose todos a la casa en donde había entrado la joven de velo verde.

Poco después hubo un movimiento uniforme de admiración, pues se pre-

---

126 *Denegrecer*, ennegrecer: ponerse negra una cosa.
127 *Caliginoso*: nebuloso, turbio u oscuro.
128 *Funesto*: lo que es causa de desgracia, va acompañado de ella o la constituye.
129 *Gorjear*: cantar los pájaros haciendo gorgoritos.
130 *Vianda*: cualquier clase de comida preparada para las personas; se aplica particularmente a las más nutritivas, como carnes o pescado.
131 *Facciones*: rasgos de la cara.
132 *Tocador*: lugar con un mueble provisto de espejo y, a veces, con lavabo, ante el cual se sientan las mujeres para su arreglo personal.

sentó algo que parecía una visión beatífica:[133] era Rosaura con las nupciales vestiduras. Al tocar en el umbral levantó su velo como si le estorbase,[134] y quedó en pública exposición un rostro que no era ya el de la virgen tímida y modesta que antes se había visto rara vez y con gran dificultad. Rosaura mostraba en ese instante no sé que de la extraña audacia que se revela en los retratos de Lord Byron.[135] Podía decirse que ya su alma era de pólvora y que bien pronto iba a hacer una explosión.

Mientras los numerosos espectadores desahogaban sus emociones con las voces de: ¡Qué guapa! ¡Qué hermosa!, dijo un joven al oído de la novia:

—Estamos armados y venimos de parte de Eduardo a ponernos a las órdenes de usted.

—¡Gracias! —Respondió Rosaura y se encaminó al templo en medio del gentío.

En el convento o casa del cura estaba, entre otros hombres, un campesino frescachón,[136] como de cuarenta años, de una tez algo percudida,[137] pero con aquella suavidad de facciones propia de los linfáticos.[138] Su barba era negra y espesa; el perfil del rostro se acercaba más bien al círculo que al óvalo, salvo las protuberancias de una nariz bastante ancha, quijada ligeramente arremangada[139] y labios no muy gruesos, pero sí muy rojos: sus ojos pardos tenían la vana pretensión de mostrarse vivarachos; pero en verdad eran sosegados: lo que más le caracterizaba parecía ser una frente ancha, redonda, de piel sudosa, su garganta hiperbólica y su vestuario: éste sé componía de un frac[140] verde de talle alto, pantalón blanco de royal, corbata baya,[141] es decir, del mismo color de los zapatos, chaleco grande de terciopelo azul y sombrero negro aclarinado. Su sonrisa era esencialmente selvática. Con esta sonrisa y con una voz entre bronca, estúpida y sibilante, a causa del defecto de su garganta, dijo este pobre sujeto:

—Ustedes creerán pues que estoy muerto de gusto ¡tontos! no saben que tengo un miedo tan fiero: me parece que me fueran a fusilar.

—Pero si la novia es linda, ¿qué más quiere mi don Anselmo? —replicó otro.

—Mi padre me sabía decir que las lindas suelen ser más ariscas[142] y resabiadas que los potros de serranía, por eso tengo un susto tan fiero.

En esto se presentó un sacristán vestido de roquete y dijo en alta voz:

---

133 *Beatífica*: persona con aspecto o actitud, en estado de completa tranquilidad, no alterado por ningún padecimiento, pasión o malestar.
134 *Estorbar*: causar dificultad o impedimento.
135 *Lord Byron*: George Gordon, Lord Byron, poeta inglés (Londres 1788-1824); autor de *La peregrinación de Childe Harold*, *Don Juan*, *El corsario*, *La prometida de Abydos*, obras atormentadas, impetuosas, violentas como su carácter y su propia vida, y de un verbo satírico incomparable.
136 *Frescachón*: persona de aspecto sano y robusto, agradable pero basto.
137 *Percudido*: la piel del rostro sin lustre y ajada.
138 *Linfático*: tipo psicosomático de la persona falta de energía o apática.
139 *Arremangada*: recogida hacia arriba.
140 *Frac*: prenda de vestir masculina usada en vez de chaqueta en las solemnidades; llega por delante solamente hasta la cintura y, por detrás, lleva dos faldones o colas.
141 *Bayo*: color blanco amarillento.
142 *Arisca*: no amable, insociable.

—La novia ha estado aguardando desde las once.

—Vamos, pues, ¡Que Dios le ayude, mi don Anselmo! –dijeron todos.

—Amén –respondió éste santiguándose y partió.

Media hora después estaban en la puerta de la iglesia, de pie y colocados en hilera, don Pedro, don Anselmo, Rosaura, una matrona obesa que hacía de madrina y una muchacha con una aljofaina[143] de plata que contenía trece doblones, un anillo y una gruesa cadena de oro.

De frente estaba el cura revestido conforme al ritual: éste, entreabriendo un libro que tenía en la mano, se acercó a Rosaura, y con voz gangosa y afectada gravedad le dijo:

—Señora doña Rosaura de Mendoza, ¿Recibe usted por su legítimo esposo al Señor don Anselmo de Aguirre y Zúñiga que está aquí presente?

—No, no, no –dijeron muchas voces como para alentar a Rosaura: este ruido impidió escuchar lo que ella había respondido.

—¡Silencio! –gritaron el cura y el teniente–;[144] en seguida el cura tornó a preguntar:

—Señora, ¿recibe usted por esposo al señor don Anselmo de Aguirre?

Rosaura con voz firme y sonora respondió:

—Sí, señor, lo recibo por esposo.

— ¡¡Qué es esto!! –exclamaron muchas voces– y el asombro se pintó en los semblantes.[145] El cura y don Pedro se cambiaron una mirada que quería decir: hemos triunfado.

La gente se iba dispersando para no presenciar el fin de la ceremonia.

Cuando el párroco,[146] con gran satisfacción hubo echado la bendición nupcial, y el cortejo se encaminaba hacia el altar, Rosaura volvió el rostro, bajó el vestíbulo y se encaminó resueltamente a la casa de donde había salido para ir al templo. Al advertirlo, salió su padre y le dijo sobresaltado:

—Rosaura ¿a dónde vas?

—Entiendo, señor, que ya no le cumple a Ud. tomarme cuenta de lo que yo haga.

—¿Cómo es eso?

—Yo tenía que obedecer a Ud. hasta el acto de casarme, porque la ley me obliga a ello: me casé, quedé emancipada, soy mujer libre: ahora que don Anselmo se vaya por su camino, pues yo me voy por el mío.

—¡Malditas leyes!, ¡tiembla infeliz, pues maldeciré a tu madre!

—Ya había previsto esta amenaza; pero no me da ningún cuidado:[147] Dios es justo. Él está premiando las virtudes de mi madre, y castigará al que se atreva a maldecir su memoria. Haga usted lo que quiera.

---

143 *Aljofaina*: recipiente redondo de hierro esmaltado, de porcelana, de loza, etc., con el fondo mucho más pequeño que el borde y el perfil de las paredes en forma de ese, que se utiliza para lavarse.

144 *Teniente*: el gobierno de cada parroquia estaba regido por tenientes, que ejercían por dos años, pudiendo ser reelectos según su comportamiento (Constitución del Ecuador, 1830).

145 *Semblante*: rostro.

146 *Párroco*: sacerdote encargado de la parroquia.

147 *Dar cuidado*: causar preocupación o intranquilidad.

Don Pedro volvió al templo, pálido y temblando. Un sordo rumor se propaló[148] entre los concurrentes de ambos sexos. El novio y la madrina, se habían arrodillado ya en la grada del presbiterio[149] y allí permanecieron como estatuas: el cura cantó su misa con un desentono que movía a compasión y se turbaba a cada paso en las ceremonias.

A la una de la tarde, la plaza era una confusa vocería:[150] movíanse los hombres como abejas: todos exponían sus opiniones en alta voz. De repente sobresalió un grito que decía:

—¡Muchachos!, han ido a traer presa a la novia de orden del cura y del teniente. Si la traen a defenderla.

—Sí, sí, a defenderla.

—No la han de traer porque ya le dieron pistolas cargadas y estaba muy resuelta.

—Allí viene, muchachos, a defenderla.

—Al convento, al convento.

Llegó Rosaura en su alazán[151] hasta el vestíbulo del convento precedida de cuatro hombres de a caballo y seguida de la multitud. Estaba encantadora: sobre su vestido blanco de bodas se había echado una capita grana: su espesa cabellera en dos crenchas[152] flotaba sobre la capa: su sombrerito de jipijapa[153] sostenido por dos cintas blancas sentaba perfectamente en ese rostro encarnado por el calor y animado por la emoción.

—Que entre –gritó una voz.

—Que salgan los que quieran hablarme –contestó Rosaura.

—Que entre –mandan el cura y el teniente.

—Que salgan, digo, y si se tardan me voy.

—Que salgan, sí, que salgan –gritó a su vez la multitud.

Salió un vejete de poncho rojo y cuello aplanchado, ostentando las borlas de su bastón de guayuro: éste dijo con voz que tenía pretensiones de terrible:

—¿No sabe usted que la hembra casada ha de seguir a su marido porque así lo manda la Ley?

—Cuando mi esposo quiera que lo siga podrá irse delante de mí.

—¿Quiere usted hacerse desgraciada causando pesares a su padre?

—¿Le pesará a mi padre que me haya sacrificado por obedecerle?

—Esta muchacha está muy insolente –dijo el cura–. Es preciso, señor juez,[154] que usted la mande a rezar algunos días en la cárcel hasta que cese su altanería.[155]

---

148 *Propalar*: difundir.
149 *Presbiterio*: área del altar mayor, incluidas las escaleras que dan acceso a él.
150 *Vocería*: gritería.
151 *Alazán*: caballos y yeguas, de color canela.
152 *Crencha*: cada una de las dos porciones en que queda partido el pelo por la raya.
153 *Jipijapa*: de «*Jipijapa*», población de Ecuador donde se hacen los sombreros de esta fibra vegetal: Tira fina, flexible y muy tenaz que se saca de las hojas de una planta.
154 *Juez*: en cada parroquia había una asamblea parroquial cada cuatro años el día que designaba la ley. Compuesta por los sufragantes parroquiales; la presidía un juez de la parroquia, con asistencia del cura y tres vecinos honrados escogidos por el juez entre los sufragantes (Constitución del Ecuador, 1830).
155 *Altanería*: orgullo.

Rosaura amartilló[156] una pistola de dos tiros y dijo con voz de amazona:[157]

—Señor cura, aquí hay dos balas que irán veloces hasta el tuétano[158] del atrevido que me insulte: quiero descubrir lo que puede hacer el brazo de una hembra, como yo, resuelta a arrostrar[159] por todo. Una palabra más y volarán los sesos de mis verdugos:[160] quise perdonarlos a nombre de mi madre, pero ya ve que se empeñan en que descargue sobre ellos mi venganza: ¿lo queréis?, pues enviadme a la cárcel.

El cura y el teniente político retrocedieron asustados y Rosaura partió sin que nadie se atreviese a detenerla.

El cortejo del convento quedó hablando contra los malos libros, contra la educación del día, contra el religioso fundador de las escuelas lancasterianas y concluyó por declarar que el pueblo estaba excomulgado, por no haber sacado la lengua a esa muchacha que se había atrevido a amenazar con pistolas al buen pastor y al juez de la parroquia. El pueblo tomó a su cargo el asunto dividiéndose en bandos encarnizados: unos veían en Rosaura una heroína y aplaudían con entusiasmo la lucidez de su plan y la gracia y maestría con que acababa de efectuarlo. Otros se limitaban a disculparla diciendo que su vida se había dividido en dos secciones; una de educación bajo las inspiraciones de una madre civilizada, y otra de prueba bajo la acción de un padre que no tenía ni remota idea de lo que pasa en el alma de una joven, en quien los nobles sentimientos han nacido, el instinto de la delicadeza se ha pulimentado, la conciencia de la dignidad humana se ha despertado y un amor sin tacha[161] ha presentado la perspectiva de una modesta felicidad. Según estos, la prueba había sido demasiado violenta, superior a las débiles fuerzas de una virgen y ésta no había podido menos que sucumbir.

El bando más numeroso era el de los tradicionalistas o partidarios de las fuertes providencias; éstos decían, como el padre de Rosaura, que el hombre ha sido creado para la gloria de Dios y la mujer para gloria y comodidad del hombre; y que por consiguiente, el uno debía educarse en el temor de Dios obedeciendo ciegamente a los sacerdotes y los jueces, y la otra en el temor del hombre, obedeciendo ciegamente al padre y después al esposo, y que el crimen de Rosaura debía ser severamente castigado, para vindicta de la sociedad y ejemplo vivo de todas las hijas. Estos acababan siempre por lamentar los buenos tiempos del rey y por maldecir la independencia americana y el nombre de Bolívar.

---

156 *Amartillar*: montar una pistola; dejarla lista para disparar.
157 *Amazona*: mujer de espíritu fuerte.
158 *Tuétano*: médula.
159 *Arrostrar*: enfrentar.
160 *Verdugo*: persona que trata cruelmente a las que dependen de ella.
161 *Tacha*: mancha.

Segunda Parte

Capítulo V

Al norte de la ciudad de Loja,[162] en la confluencia de los ríos Malacatos y Zamora, está el templo y el caserío principal de las cinco parcialidades de aborígenes que componen la parroquia de San Juan del Valle.[163]

El 24 de junio, como día del Santo Patrón,[164] se celebraban allí unas fiestas en que siempre a los indios les tocaba la peor parte, pues sus gustos se reducían a trabajar para que los blancos de la ciudad se divirtieran. Había misa solemne, procesión, corrida de gallos, y tras ésta se satisfacía la taurina pasión de nuestra raza. Preparadas de antemano las enramadas[165] en los solares[166] y los palcos[167] a la rústica en torno de la plaza, la gente aguardaba con avidez la hora del espectáculo de los gallos que era en esta forma: se levantaba en la plaza una especie de horca; de la punta superior de uno de los dos palos pendía un cordel que iba a pasar por una polea[168] que estaba a la cabeza del otro palo, y se prolongaba para ser manejado a modo de columpio[169] de maromero:[170] pendiente del cordel, en medio de los dos palos, esta-

---

162 *Ciudad de Loja*: enclavada en un valle del altiplano al sur del Ecuador, a 2.100 metros sobre el nivel del mar, rodeada de ariscas montañas, circundada por los ríos Zamora y Malacatos.

163 *San Juan del Valle*: actual parroquia urbana San Juan Bautista de El Valle, perteneciente al cantón Loja.

164 *San Juan Bautista*: hijo de Zacarías, sacerdote judío, e Isabel, mujer descendiente del hermano de Moisés, el sumo sacerdote Aarón. Es el único santo al cual se le celebra la fiesta el día de su nacimiento.

165 *Enramada*: cobertizo (techo sobre pilastras, o cualquier clase de soporte, adosado o no a un muro, destinado a proteger de la lluvia, dar sombra, etc.) formado con ramas.

166 *Solar*: terreno sobre el que está construido un edificio, o superficie destinada a edificar sobre ella.

167 *Palco*: tabladillo o empalizada donde se coloca la gente para presenciar una función.

168 *Polea*: rueda con la llanta acanalada, de modo que por ella puede pasar una cuerda. colocándola en un lugar alto, o bien colocando una fija y otra móvil que se desliza a lo largo de la misma cuerda, sirve para elevar objetos.

169 *Columpio*: artefacto formado generalmente por un asiento suspendido por dos cuerdas, cadenas, etc., de una rama de árbol, de una barra u otra cosa, en el que se sienta una persona para balancearse por placer.

170 *Maromero*: acróbata.

ba un gallo vivo atado flojamente de las patas, a una altura qué difícilmente pudiese ser alcanzado por un hombre de a caballo. Los caballeros que entraban en la liza[171] se colocaban a distancia de veinte metros de esa horca o columpio donde el gallo subía y bajaba según templaban o aflojaban el cordel los que estaban al lado de la polea; dada la señal, los caballeros iban partiendo de uno en uno, y al pasar al escape por debajo del gallo, procuraban arrancarle de las leves ataduras que le unían al cordel; el que lo conseguía daba de gallazos a cuantos alcanzaba hasta que le quitaran en buena guerra al mísero animal o acabara éste de despedazarse con los golpes que con su cuerpo se descargaban sobre la espalda, la cabeza o las costillas de los jinetes. Tres gallos debían ser mártires de esta barbarie, antes que saliera el primer toro a reemplazar una barbarie lugareña con otra barbarie más clásica y pomposa.

En junio del 41, la fiesta y procesión habían terminado a la una y media de la tarde. A las dos, los palcos estaban llenos y las miradas fijas en los caballeros de la liza: varios de éstos se mostraban cariacontecidos[172] y otros disimulaban con chistes o chanzonetas[173] de mal gusto la vergüenza que padecían por haber pasado bajo la horca sin poder arrancar al gallo, porque entre las frivolidades sociales figura la de que la destreza en arrancar gallos el día de San Juan sea un asunto de gravísima importancia, especialmente si las miradas femeninas están dominando el espectáculo. Después de haber pasado bajo la horca todos los caballeros sin que a ninguno le hubiese cabido el alto honor de dar de gallazos a sus prójimos y merecer por ello el aplauso de las hermosas, iba a empezar de nuevo la corrida, cuando se presentó entre ellos una competidora que dejó absorta a la concurrencia.[174]

En un brioso[175] corcel blanco, entró, fresca y encarnada, con largo vestido azul y sombrerito de paja, la misma amazona que seis meses antes había partido de otro valle intimidando a sus tiranos.

Su presencia en esa plaza produjo una sorpresa animadora, pero la emoción general subió de punto, cuando se vio partir a esta beldad desconocida, pasar bajo la horca, arrancar un gallo, y no descargarlo sobre los caballeros que la galanteaban presentándole sus espaldas para recibir la dicha de un gallazo de sus manos, sino obsequiarlo a una india anciana y andrajosa[176] diciendo:

—Esta ha sido la dueña del animal, y se lo han quitado por fuerza, según la pena con que lo estaba contemplando.

—Cierto, ama mía, Dios se lo pague –dijo la india.

—Colocado el segundo gallo fue Rosaura por segunda vez fácilmente vencedora, porque los indios que tenían la cuerda, seducidos por la hermosura y agradecidos del acto de piedad de esta amazona, aflojaron de modo que el gallo quedase muy accesible.

---

171 *Liza*: intervenir en una competencia o lucha.
172 *Cariacontecido*: con muestra de pesar en la cara.
173 *Chanzoneta*: burlarse de otro sin malignidad.
174 *Concurrencia*: conjunto de personas presentes en un espectáculo.
175 *Brioso*: que anda o se mueve con gracia, agilidad y desenvoltura.
176 *Andrajosa*: vestida con prendas de ropa vieja y rota.

—Reclamo la costumbre –dijo un mozo grosero y arrebató el gallo de manos de la joven causándole una leve lastimadura[177] con el espolón[178] y rasgándole[179] parte del vestido.

Los indios, que con su instinto fino conocen a quien los favorece, y los defiende con salvaje tenacidad, corrieron a pie tras el hombre de a caballo que había lastimado a su bienhechora, lo alcanzaron, se prendieron de las riendas[180] y de la acción sufrieron riendazos y gallazos del jinete y de los que acudieron en su defensa, hasta que llegó la joven y dijo a sus vengadores en lengua quichua:[181]

—¡Amigos míos! ¿Creéis que estas gotas de sangre merezcan ser vengadas?, no, hijos, éste es un desgraciado como vosotros y como yo: él ha reclamado la costumbre, en la costumbre está lo malo, y ésta viene de muy atrás.

—Él te ha faltado al respeto y lo hemos de castigar –dijo un cacique.

—Él no sabe lo que es digno de respeto; para él sólo es respetable la costumbre, y como buen ignorante ha cumplido con su deber.

—Nosotros le hemos de enseñar a respetar a las señoras como nosotros las respetamos.

—Nuestra voz es muy débil, amigos, para enseñar, y nuestra situación muy triste para aprender. Dejad en paz a ese hombre, ha quien la costumbre ha hecho ignorante y la ignorancia le ha hecho grosero.

—La letra con sangre entra.

—¡Por Dios!, no pronunciéis esa palabra.

Los indios se retiraron; la joven fue conducida al convento; se le vendó la herida y se la hizo protagonista de una ruidosa francachela. Circuló el rumor entre las beatas[182] de que una hereje[183] extranjera se había presentado en el valle por arte de satanás y que había hecho cosas diabólicas.

Después de la fiesta, se la veía pasear sola en su alazán por los alrededores de la ciudad. En determinados días de la semana llegaba a las alturas de San Cayetano y permanecía largo rato mirando la alfombra de púrpura y gualda que formaban las dumarides y las caléndulas[184] silvestres. Se asegura que allí cantaba la canción colombiana La Pola[185] y algún sentido yaraví,[186] acompa-

---

177 *Lastimadura*: herida ligera.
178 *Espolón*: apófisis ósea que tienen en el tarso varias especies de aves gallináceas.
179 *Rasgar*: desgarrar una cosa.
180 *Rienda*: correa o cuerda de las dos que, sujetas a uno y otro lado del freno de las caballerías, sirven para conducir a éstas.
181 *Quichua*: la lengua indígena «*quechua*» es la lengua nativa americana más extendida en todo el mundo; presenta variaciones en Ecuador, donde se conoce con el nombre «quichua».
182 *Beata*: persona exagerada en las prácticas religiosas, o de religiosidad afectada.
183 *Hereje*: persona que sostiene o cree doctrinas contrarias a los dogmas de la religión católica. También, el que dice o hace irreverencias o blasfemias.
184 *Dumarides* y *caléndulas*: flores.
185 *La Pola*: nombre que se le da a Policarpa Salavarrieta, heroína de la Independencia colombiana; revolucionaria que apoyó a las tropas del libertador. Durante el siglo XIX surgieron novelas, poemas, leyendas y varias canciones que celebraban su vida.
186 *Yaraví*: cantar melancólico y monótono de origen quechua que cantan los indios de algunos países de América del Sur.

ñándose con el canto de los gorriones, los suipes, los lapos y otras aves, y que al volver a la ciudad cuidaba de apearse a la margen del Zamora, enjugaba sus ojos con un pañuelo y bañaba su rostro con esas aguas frescas y cristalinas.

Habitaba una casita en la calle de San Agustín, que era la más pintoresca de la ciudad: tenía a pocos metros la grande acequia que pasa a batir el molino de los Dominicos. La puerta siempre abierta mostraba, en exposición permanente, un pequeño plantío de espárrago, rosas, jazmines y claveles entre higueras, duraznos y tomates que hacían del patio un bosque y un jardín.

Al entrar la amazona salía un criado a encargarse del caballo; otro estaba en la cocina: estos dos y no más eran su servidumbre: ella subía una grada de madera, llegaba a su cuarto de tocador; cambiaba su ropa de a caballo con otra de trapillo; descansaba por una o dos horas meciéndose en su hamaca y leyendo alguna cosa: también tenía sus ratos de escribir. Después arreglaba mejor la veste[187] y el peinado y salía a la sala de recibo: ésta era espaciosa, pero un poco desmantelada, pues había sido antes sala de billar, de modo que la palabra billar llegó a tener una aceptación convencional y maliciosa que envilecía[188] el nombre de la dama y la hacía verter lágrimas secretas de amargura que ella procuraba ahogar en los placeres.

Es cuanto se puede narrar acerca de su vida privada, aunque ciertamente la mujer a quien alguna fatalidad ha arrojado a la corriente de las aventuras no tiene vida privada, pues hasta los mínimos incidentes de su casa van pasando de corro[189] en corro con ediciones y comentarios.

---

187 *Veste*: vestido.
188 *Envilecer*: hacer vil o despreciable a algo o a alguien.
189 *Corro*: grupo de personas reunidas alrededor de algo o alguien.

Capítulo VI

E l secreto de las tempestades atmosféricas está hasta cierto punto descubierto y explicado porque han sido siempre invariables las leyes de la materia; pero hay otras tempestades misteriosas con instintos y albedríos[190] que si una vez llegan a estallar, no se puede saber cuál será el límite de sus estragos:[191] esta tempestad es la del corazón de una mujer hermosa, de sentimientos nobles y generosos a quien la desesperación ha llegado a colocar en mal sendero:[192] ésta caminará vía recta a los abismos, porque finca[193] su orgullo en no retroceder jamás y en devolver a la sociedad burla por burla, desprecio[194] por desprecio, injusticia por injusticia y víctima por víctima; pero con mayor o menor decencia, según los grados de educación a que ha llegado, pues hasta el vicio tiene su dignidad en las almas educadas.

En Rosaura, las cuerdas con que su padre la había atado al estúpido cautiverio,[195] fueron estrechadas hasta romperse. Un mal ministro del altar la ató con el vínculo[196] matrimonial que también por tiránico e injusto hubo de romperse y se rompió. Un ministro de justicia intentó castigar en la víctima los delitos de los verdugos y ella hubo de detestar a los jueces de su tierra.

Entre la corrupción que tiraniza y la corrupción que halaga[197] no es dudosa la elección para una criatura inexperta y de alma ardiente como Rosaura. Los déspotas y los fanáticos son los que empujan la sociedad a la región del libertinaje.[198]

Esto es lo que debe decirse en vez de descubrir los festines,[199] las orgías y

---

190 *Albedrío*: facultad de obrar por propia determinación.
191 *Estrago*: destrozo o daño muy grande.
192 *Sendero*: camino.
193 *Fincar*: arraigar, establecer.
194 *Desprecio*: menosprecio, desaire.
195 *Cautiverio*: tiempo que dura la privación de la libertad. Estado al que pasa la persona que, perdida su libertad en la guerra, vive en poder del enemigo.
196 *Vínculo*: lazo, ligadura que une una persona o cosa a otra.
197 *Halagar*: satisfacer el amor propio.
198 *Libertinaje*: conducta viciosa y desenfrenada.
199 *Festín*: banquete.

los excesos que en casa de Rosaura iban quedando bajo la jurisdicción de las tinieblas. Basta saber que en los primeros días de septiembre, destinados a la afamada feria de Cisne,[200] se veía a esa infeliz mujer en los garitos,[201] dejándose obsequiar hasta por los beodos de los figones.[202]

Pasados estos días de gran bullicio, la casa de Rosaura estaba siempre cerrada y las noches en silencio. Alguna mudanza sustancial había ocurrido.

---

200 *Feria del Cisne*: la fiesta-feria en honor de la Virgen del Cisne que se realiza en Loja el 8 de septiembre de cada año, fue decretada por el Libertador Simón Bolívar, en Guayaquil, el 28 de julio de 1829. Desde 1830, la imagen es trasladada a la ciudad capital de la Provincia, todos los años con gran pompa para la celebración de su fiesta (véase Gallardo Moscoso 1991, 251).

201 *Garito*: local de diversión.

202 *Figón*: casa de poca categoría donde se guisan y venden cosas de comer.

Capítulo VII

En uno de los primeros días del mes de octubre, en que los estudiantes, después de la feria, vuelven perezosamente a sus temidas faenas de Colegio, uno de los cursantes de Óptica y Acústica, recibió de su catedrático,[203] que era médico, el estuche quirúrgico y la orden de seguirle para hacer el estudio práctico de los órganos de la voz, del oído y la vista; la casa a donde llegaron estaba situada a pocos metros del Colegio.

Al entrar vieron en el cuarto del zaguán un grupo apiñado[204] de hombres y mujeres: varios jóvenes de los que componían el grupo habían empalidecido, y la concurrencia en general se mostraba conmovida[205] sin que faltase alguna vieja que dijese entre dientes: ¡castigo de Dios!, ni algún mozalbete[206] que soltase en baja voz sus chanzas[207] maliciosas, pues en todas partes se encuentran cornejas[208] que están siempre de mal agüero[209] y truhanes que parecen haber nacido para estar siempre de chunga.[210]

Algunos momentos después, entraron el alcalde, el escribano, cuatro peones y una guardia del depósito de inválidos.[211] El comandante de esta guardia mandó despejar[212] la pieza del zaguán:[213] al retirarse los concurrentes se dejó ver echado en tierra, sobre una manta vieja y con una luz a la cabecera, el cadáver de una mujer: el rostro conservaba aún la gracia de los perfiles, pero estaba denegrecido: las dos crenchas de su espesa cabellera se mostraban desgreñadas[214] y sin lustre:[215] si el pavoroso efluvio[216] de la muerte no lo

---

203 *Catedrático*: profesor que posee el rango superior dentro de los de enseñanza media y superior.
204 *Apiñar*: aglomerar (en grupos apretados).
205 *Conmover*: alterar, inquietar.
206 *Mozalbete*: nombre aplicado despectivamente o con enfado a un muchacho.
207 *Chanza*: dicho con que una persona se burla de otra sin malignidad. Broma.
208 *Corneja*: ave con el plumaje de color negro brillante o negro y gris.
209 *Mal agüero*: presagio, augurio; cosa que anuncia buena o mala suerte.
210 *Chunga*: broma o burla; listo a burlarse.
211 *Depósito de inválidos*: establecimiento benéfico donde se acogen personas desvalidas.
212 *Despejar*: marcharse de un sitio los que están en él.
213 *Zaguán*: pieza en las casas inmediata a la puerta de la calle. Entrada, patio, portal, vestíbulo.
214 *Desgreñada*: despeinada.
215 *Lustre*: aspecto sano y robusto.
216 *Efluvio*: emanación.

impidiera, podría decirse que la barba, la garganta, el seno y los brazos desnudos de esa mujer conservaban aún su póstuma hermosura.

Rosaura iba a sufrir las expiaciones de ultratumba.[217]

Los cuatro peones, sin emoción de ningún género, levantaron el cadáver, la sacaron del cuarto, la colocaron sobre una hilera de adobes en la mitad del patio y la desnudaron hasta la cintura.

El médico abrió su estuche, preparó los instrumentos, devolvió el resto al estudiante que estaba a su lado y empezó la operación. Al ver correr cruelmente las cuchillas y descubrirse las repugnantes interioridades escondidas en el seno de Rosaura, de la que poco antes había sido una beldad, un sudor frío corrió por la frente del estudiante: no pudo continuar mirando la profanación sarcástica del cuerpo de una mujer, pues había creído, hasta entonces obscura y vagamente, que la constitución fisiológica de este sexo debía ser, durante la vida, un incógnito misterio, radiante de gracias y de hechizos, y que al morir, estos secretos que tienen tanto de divino para las almas juveniles, no podían ir a hundirse en el sepulcro sin que antes tocasen las campanas sus fúnebres clamores, se encendiesen los blandones[218] alrededor de un féretro,[219] se entonasen cánticos sagrados y se acompañase con lágrimas y sollozos a la que va en funérea[220] procesión a despedirse para siempre. Apartó la vista de este espectáculo que iba dando muerte a todas sus ilusiones y se retiró, dominado por una especie de crudo desengaño del linaje humano, sin que el dictado de cobarde que se le daba, ni la voz imperiosa de su maestro fuesen parte a detenerse presenciando tantas miserias. Mas no le fue dado encaminarse a su colegio porque el centinela lo echó atrás; entonces el estudiante dijo para sí solo: «¿Ha de tener tantos enemigos y tantos aparatos este ser al cual la cuchilla acaba de mostrarme como inmundo y deleznable? Si la mujer, que es la belleza, acaba de expelerme con su repugnante deformidad, con razón el centinela, que es la fuerza, me parece más deforme que el cadáver».

El estudiante pudo en aquel día afirmar por propia experiencia la profunda enseñanza que da la máxima de Pascal[221] diciendo: «Es arriesgado manifestar demasiado al hombre cuanto se asimila a los animales, sin hacer patente su grandeza. Es lo más todavía hacerle ver demasiado su grandeza, sin su bajeza, y aún más dejarle ignorar ambas cosas».

Siendo la consigna[222] del centinela que nadie entrase ni saliese hasta que la larga operación de la autopsia hubiese terminado, el estudiante tuvo que entrar en el cuarto de donde la difunta acababa de salir, pues era el único asilo que le quedaba.

---

217 *Ultratumba*: lo que está más allá de la muerte.

218 *Blandón*: vela muy gruesa.

219 *Féretro*: ataúd (caja en que se pone una persona muerta para enterrarla).

220 *Funérea*: de aspecto triste o sombrío, relacionado con la muerte.

221 *Pascal*: Blaise Pascal (19 de junio de 1623 - 19 de agosto de 1662). Matemático, físico y filósofo francés. Contribuyó a las ciencias naturales con la construcción de calculadoras mecánicas, estudios sobre la teoría de probabilidad, investigaciones sobre los fluidos y la aclaración de conceptos como la presión y el vacío. Tras una experiencia religiosa profunda en 1654, Pascal abandonó las matemáticas y la física y se dedicó a la filosofía y a la teología.

222 *Consigna*: la orden.

Allí estaban la manta y la antorcha funeraria, y cerca de ésta hablaban un comerciante y un abogado de Cuenca sobre la injusticia con que se atribuía a su paisano el señor M... la muerte de esa mujer: para comprobarlo habían relatado algunos antecedentes que ya hemos referido, y leyeron enseguida las cartas y los borradores que se habían encontrado en el costurero de la difunta; estos documentos iban a ser presentados, en caso de que se declarase haber lugar a formación de causa; decían así:

N° 1.– «Quito, a 1° de septiembre de 1841.

«Rosaura, mi antigua amiga:

»Si hubo un tiempo en que te hablé el lenguaje del amor profano, otro tiempo ha sobrevenido en que las cosas han cambiado y es necesario que también cambien las palabras.

»Cuando pronunciaste el fatal sí en el templo de nuestro valle yo me puse en camino para recibir el sacramento del orden sacerdotal.

»Al amor precoz que me inspiraste debí los estímulos que dirigieron por buen camino mis estudios y mi conducta; después me encaminaste por extraña senda a las aras[223] del padre que nos manda perdonar, y todo lo he perdonado.

»Hoy tu antiguo amigo ha llegado a saber que has tenido la desgracia de entrar en el número de las ovejas descarriadas,[224] y se postra[225] desde aquí a hacerte la plegaria[226] de que vuelvas al aprisco.[227]

»Tú piensas que te estás vengando de los que te han tiranizado. ¡Infeliz!, mira lo que haces.

»Reflexiona que ningún mal has recibido de las jóvenes inocentes que pudieran pervertirse con tu ejemplo, y que en ese género de desagravio[228] que has adoptado por sistema, la pena no retrocede hacia los autores del mal que han sido nuestros mayores, sino que va directamente a las nuevas generaciones que no han tenido ni voluntad ni ocasión de ofendernos.

»Hubo un tiempo en que por el delito de un padre se imponía a los hijos y demás descendientes la pena de infamia y de perder todos bienes. ¿Te parece esto justo y racional? No, eso es monstruoso, me responderás; pues eso y mucho más es lo que hacemos cuando un ciego despecho engendra en nosotros la venganza contra una sociedad que creemos viciada o criminal.

»Si tu padre, tu cura, tu juez y la mayoría de tus paisanos te han empujado violentamente a los abismos, ha sido porque ellos venían también empujados de otras fuerzas anteriores a que no habían podido resistir. Una ignorancia deplorable más bien que criminal ha-

---

223 *Ara*: altar.
224 *Descarriada*: desorientada, extraviada.
225 *Postrarse*: arrodillarse para rogar.
226 *Plegaria*: súplica.
227 *Aprisco*: lugar donde está a salvo el ganado.
228 *Desagravio*: explicar, reparar, satisfacer.

bía dado el primer impulso a los defectos sociales de que eres víctima: tú te has entregado al vicio para viciar más la sociedad, burlar-
te de ella, despreciarla a tu saber y vengarte de ese modo, es decir,
que has cedido al mismo impulso que empujó a tus mayores, y que
entonces debes ser a tus propios ojos tan odiosa como un mal sacerdote, un mal juez y una mala sociedad; algo más todavía: el mal
padre, el mal sacerdote, el mal juez y la mala sociedad han proce-
dido por ignorancia y estulticia,[229] y esto es más bien lastimoso que
punible; tú recibiste los dones[230] de una inteligencia clara, de una
educación dulce, bajo las inspiraciones maternales y un amor puro
y leal que dio vuelo y consistencia a los sentimientos generosos. Con
estos elementos se forman las almas fuertes, y en las almas fuertes
es un crimen imperdonable el caer en las mismas miserias que forman la triste herencia de los imbéciles.

»Lo que haces es además contra ti misma, estás destruyendo tu re-
putación y tu hermosura. Tú, no creas que te diviertes, por más que
lo procuras, porque siempre te asalta el recuerdo de lo que era la
inocencia.

» ¡Rosaura!, mi antiguo amor era egoísta: quería que fueses mía, quería mi felicidad; ahora quiero la tuya, o que sea tu desgracia menos
grave. Vuelve al campo, piensa, reflexiona y allí oirás la voz de Dios
en las reminiscencias de los consejos de tu madre.
Eduardo».

Seguía un borrador de letra de Rosaura que decía:

NO 2.–
«Eduardo:
»Yo estaba gozándome en mis triunfos y tú me haces avergonzar.[231]
Eres la única criatura ante quien siento la necesidad de justificarme; pero sin ocultar que tus palabras son nuevas tiranías que vienen a perseguirme en el campo a donde la fatalidad me ha conducido. Si mi madre no me hubiese inspirado religión y si tú no me
hubieras hecho traslucir[232] lo sublime del amor puro, yo contaría
como mis verdugos y mis amantes, con el desenfreno de la ignorancia y no vendrían los remordimientos[233] a taladrarme[234] las entra-
ñas.[235]

---

229 *Estulticia*: estupidez o tontería.
230 *Don*: buena cualidad.
231 *Avergonzar*: causar vergüenza.
232 *Traslucir*: descubrir.
233 *Remordimiento*: causar sentimiento a alguien una cosa que ha hecho, por creer que es una
    mala acción o por el daño causado a otro.
234 *Taladrar*: causar padecimiento intenso a alguien un dolor agudo.
235 *Entraña*: capacidad para sentir; alma, corazón, sentimiento.

»Más daño me han hecho mis benefactores que mi tiranos: para estos me basta con el odio; para destruir la obra de los otros necesito de vértigos, ofuscamiento, bullicio aturdido. Concédeme la gracia de guardar silencio o romperé cañas[236] contigo. Yo no puedo vivir sino de emociones, las emociones son un sueño y no quiero que nadie me despierte.

»Tú sabes algo de mi primera educación, pero no lo sabes todo. Mi madre me enseñó a conocer a Dios, llevándome a las colinas de nuestro pueblo y diciéndome con acento cariñoso: Mira la hermosura de estos campos, escucha el cantar de los pajarillos, observa ese cóndor perdiéndose entre las nubes, fija tus ojos en el azul del firmamento, mira ese sol que sale tan brillante, ¿Sabes quién hizo todo esto y nos puso aquí porque nos quiere? Esto es muy grande y muy bonito, le respondía yo, apostemos a que lo ha hecho alguno de esos reyes que nombra papá sacándose el sombrero. No, hija, esos reyes eran hombres como todos: el que hizo esto es un Espíritu que no se puede ver, pero que te quiere tanto como nadie puede quererte porque es tan bueno que tú no has de comprender su bondad sino cuando seas más grandecita; es amigo de los pobres, de los niños y de todos los que son buenos, él se pone bravo[237] con los soberbios, con los rabiosos y con los que maltratan a sus prójimos. De este modo iban calando las ideas de mi madre en mi infantil inteligencia. Yo aprendí a adorar a Dios porque era padre, porque era bueno y porque había hecho cosas tan grandes y tan hermosas.

»Mi padre en vez de hacerme amar las cosas santas, me imponía la tarea de rezar como una veintena de padrenuestros y avemarías por centenares cada noche, de modo que lo largo de la faena[238] y la dureza con que se me obligaba a cumplirla me hicieron temible la devoción.

»Yo llegué a abrigar[239] el error de que había dos religiones: una pura, simpática y divina que mi madre me inspiraba, y otra pesada y odiosa, que mi padre me hacía practicar sin inspirarme ni enseñarme cosas grandes. Cuando veía que el cura de nuestro pueblo mandaba azotar a los indígenas y ponía presas a las viudas que no podían pagar los derechos funerales de sus maridos difuntos, yo decía sin vacilar: la religión del cura no es la religión de mi madre, y día por día iba sucediendo no sé qué dentro de mí que me ha ido empujando hasta el punto a que he llegado.

»Tú me has escrito en un lenguaje que me hace mucho mal, me hace sentir alguna cosa semejante a la religión de mi madre; pero ya

---

236 *Romper cañas*: no volver a comunicar.
237 *Ponerse bravo*: disgustarse.
238 *Faena*: acción con que una persona perjudica injustamente a otra, en general por beneficiarse a sí mismo o a una tercera.
239 *Abrigar*: creer, tener.

para eso es demasiado tarde. He visto a mis plantas sotanas y cerquillos,[240] y he tenido el capricho de enardecer[241] los galanes del orden sacerdotal, para luego expelerles con desprecio. Ellos se han vengado subiendo a retratarme en el púlpito con groseros coloridos, sin perjuicio de volver a pedir de rodillas perdón. Yo me creía superior a todos los que delante de mí se posternaban[242] pero cuando tú me dices que te arrodillas me siento humillada y confundida: aquí se rinden a mis plantas para pedirme que me envilezca, para pedirme que sea de ellos, y tú me diriges una plegaria pidiéndome que me enmiende, que me ennoblezca, que sea de Dios. Esto me dice lo que pude ser y lo que soy, ¿por qué me das una herida tan mortal? Has despertado los remordimientos que yo acallaba con mis triunfos, y me has puesto en tal desesperación que quisiera maldecirte, pero veo que aquello sería injusto y a nadie maldigo sino a mí misma.

»Eduardo, no vuelvas a escribirme: no temas que me destruya porque cuando esto suceda daré una nueva campanada. Todos los caminos están obstruidos para mí, excepto el que voy siguiendo ¡oh, si pudiera volver a los instantes de nuestra última entrevista!... Pero eso es imposible. No puedo volver a ser soltera como tú no puedes borrar el carácter del sacramento que has recibido.

»Por compasión, no vuelvas a escribirme».

NO 3.– Quito, a 20 de septiembre de 1841.

«Rosaura:

»Intentas romper conmigo; me pides que te deje en paz, pero en tu corazón no hay paz y ésta es la que quiero darte a nombre del Señor.

»A merced de las antorchas[243] que iluminaron tu niñez, sientes aún remordimiento y te pesa no poder obrar mejor, creyendo que los caminos de la virtud están obstruidos; pero no, hija mía, aún puedes volver tu conducta hacia el camino que tu madre te trazara.

»El levantar una pistola, hacer templar a los imbéciles, resolverse a morir luchando, andar sola por los caminos desafiando los peligros, muestran en ti la triste excitación de un valor desesperado, eso no es el valor racional, no es el valor del alma grande.

»Los triunfos del verdadero valor son los que se obtienen desechando lo halagüeño[244] para no hacer más que lo que es justo. Cuanto

---

240 *Cerquillo*: cerco de pelo que se dejan los religiosos de ciertas órdenes, rapándose la parte superior e inferior de la cabeza.
241 *Enardecer*: excitar el apetito sexual.
242 *Posternarse*: prosternarse (inclinarse profundamente o arrodillarse, o ambas cosas, en señal de respeto).
243 *Antorcha*: persona importante.
244 *Halagüeño*: lo que promete satisfacciones.

has hecho hasta aquí, muestra el valor del vaho [245] que se expande al evaporarse. Cuando levantaste la pistola venciste al cura y al teniente, después de haber sido vencida por un ímpetu de furia que no pudiste reprimir, es decir, que no pudiste vencer. La verdadera victoria la alcanzarías al dejar la bahorrina [246] de los placeres frenéticos para seguir los decentes y racionales.

»Para llegar a ese triunfo te bastará reflexionar que las fuentes del placer no tardarán en agotarse y quedarán las heces [247] que son amargas y punzantes: ¿qué harás entonces, hija mía?; sentir el corazón estrangulado por las serpientes del ya estéril arrepentimiento.

»Mientras más se apuran los placeres, más pronto el alma se debilita: en el alma debilitada se van anidando las pasiones bajas, y vienen tras éstas el cansancio y el hastío[248] que son la viva imagen de los infiernos.

»Ahora tienes fuerzas todavía y el mejor empleo que puedes darles es el de luchar contigo misma.

»A nombre del Padre celestial que adorabas con tu madre, te pido, no un sacrificio sino tu descanso, tu sosiego de pocos meses. Retírate de la vida escandalosa: vive oculta hasta la próxima cuaresma,[249] en que iré yo, invocaré la gracia divina y tengo fe en que serán disipadas las tinieblas que hoy ofuscan tu corazón, y sentirás reanimado tu valor.

»Cederás fácilmente a los ruegos que te hace tu antiguo amigo cuando medites en la fealdad del libertinaje que fomentas con tu hermosura.

»Tus galanes creen engañarte y tú crees también que los engañas, y en realidad ellos, como tú, sólo se engañan a sí mismos; porque se arruinan, se depravan y van perdiendo de hora en hora su excelsa calidad de racionales.

»Créeme, hija mía, que los caminos de la virtud están siempre abiertos para todos.

»Eduardo».

NO 4.–

«Eduardo:

»Las desgracias que me anuncias como futuras están ya dentro de mí.

» ¿Sabes lo que es una feria en esta ciudad? ¡Oh, si hubieras visto cuán

---

245 *Vaho*: aliento despedido por la boca.
246 *Bahorrina*: cualquier clase de suciedad.
247 *Hez*: parte de desperdicio en las preparaciones líquidas, que como generalmente térrea y más pesada se deposita en el fondo de las vasijas. Fig. Lo más vil y despreciable, Usado en plural (heces), excrementos.
248 *Hastío*: producir disgusto una cosa por pesada o por empalagosa.
249 *Cuaresma*: periodo de cuarenta y seis días que comprende desde el miércoles de ceniza hasta el sábado santo, ambos inclusive, durante el cual se guardan ayunos y vigilias.

hermosa y concurrida ha estado en el presente año! ¡Qué de fiso-
nomías, qué de modas, qué de acentos tan variados!

»Mira lo que he escrito por divertirme y que hoy rompo desesperada: 9 de septiembre. Confieso que tienen muy buen gusto los que
pintan o escriben cuadros de costumbres; yo también quisiera una
pluma y un pincel para el cuadro de anoche con su grupo de dos
híspidos[250] de Cuenca, un tozudo[251] puruguayo[252] (riobambeño), un
fraile de todas partes, dos crespos de la Costa, tres lindos de no sé
dónde, un gracioso de provincia y un comandante sin domicilio, que
formaron mi cortejo. El gracioso cayó en desgracia de todos porque me hacia reír: al comandante se le calificó de cobarde porque
me hablaba de sus proezas: al fraile lo traté mejor, porque deseaba
que sus compañeros lo aborrecieran,[253] y no tardé en conseguir que
le dieran su par de sornavirones,[254] los híspidos de Cuenca, aunque
no tardaron en arrodillarse a pedirle la absolución juzgándose ex-
comulgados. A los lindos los traté como a señoritas y entiendo que
quedaron satisfechos. Al tozudo le costó mucho trabajo afectar zalamería,[255] pero ésta estuvo de sobra de parte de los provincianos,
que reducían sus galanterías a decirme que eran viles gusanillos de
la tierra y que yo era una deidad: esto no divierte. Los costeños me
decían candorosamente: ¡qué venga la música, la diversión, que eso
es lo que se quiere!, y me parecía bien esta franqueza.

»Día 10. –Ha habido una competencia entre morlacos[256] y costeños
que no pude comprender, porque reventaba de risa al oír al guirigay[257] que se formaba al alternarse el acento esdrujulario de los primeros y el puntiagudo de los segundos. El señooorito de Cuenca y
señoriiita de la Costa hacen un contraste graciosísimo, pues cada
uno alarga tanto más su acento respectivo, cuánto más insinuante
quiere mostrarse.

»Pero dejemos estas frivolidades de un libro de memorias del que no
van a quedar ni las cenizas. Basta con decirte que en un lado esta-

---

250 *Híspido*: hirsuto (aplicado al pelo, grueso y rígido).
251 *Tozudo*: obstinado, que no cede en sus actitudes.
252 *Puruguayo*: deformación fonética de la voz indígena '*Puruhá*': cultura indígena preincai-
ca que habitaba las actuales provincias de Cotopaxi, Chimborazo, Tungurahua y Bolívar.
253 *Aborrecer*: experimentar hacia algo o alguien un sentimiento que impulsa a apartarse de
la persona o cosa de que se trata y a desear su desaparición o que no exista. Es menos violento que «odiar» y más apto para aplicarlo a cosas.
254 *Sornavirones*: sorna + virón: sorna = tono burlón o irónico con que se dice algo. *Virón*: ma-
dero en rollo de castaño, de seis varas y media de longitud, con un diámetro de seis a siete pulgadas. Dar golpes con el tono de voz con el que alguien se dirige a otro.
255 *Zalamería*: caricia o halago con mimo; particularmente, si son empalagosos o afectados.
256 *Morlaco*: hombre que, aparentando falta de viveza, hace lo que le conviene. «Durante la
Colonia y siglo XIX, para los criollos y el cholerío quiteño, la palabra "morlaco" era un
término insultante, que equivalía a "chapetón tonto" o "chapetón ignorante"» (Núñez
Sánchez 2002, 26). En el Ecuador actual: hombre de Cuenca.
257 *Guirigay*: jaleo o bulla; ruido confuso de voces o gritos o de sonidos discordantes.

ba el portal de los juegos de envite,[258] y en otro el de los grandes comerciantes, aquí los revendedores con sus acatamientos,[259] allí algún dicho gracioso, más acá una fina galantería: música, festines, serenatas, obsequios; nada me faltaba, se podía creer que había llegado a satisfacerse la amplitud de mis inspiraciones; pero algo tenía dentro de mí que me excitaba a llorar.

»Después la ciudad ha vuelto a su genial silencio, y mi alma se ha tornado en un arenal desierto, tostado por el sol del arrepentimiento y removido por los vientos del desengaño; en este vasto arenal la imagen de lo pasado se levanta como un espectro.

»Tengo vergüenza de mí misma, me aborrezco de muerte y no sé cómo he de vengarme. Antes de nueve meses he recorrido un siglo de perdición.

»He pulsado mis fuerzas y me siento incapaz de postrarme a ser oída en penitencia por los mismos a quienes he repulsado con desprecio. Solamente ante ti me arrodillara; pero entonces los sollozos no me darían lugar para acusarme y no podría menos que encenderme en un amor ya imposible, en un amor desesperado.

»He causado muchos daños que no habría conocido sin tus cartas: es preciso que el escándalo termine juntamente con la vida antes que tú vengas a anonadarme.[260]

»Adiós, Eduardo».

Sin ningún signo de compasión y caminando directamente hacia su objeto, el abogado continuó diciendo:

—A estas cartas que dan indicios vehementes de un suicidio se agrega lo que dicen unánimemente los declarantes; a saber, que esta señora, estando con fiebre y con otras enfermedades, convidó para un paseo a unas veinte personas, casi todas de la plebe: comió como desesperada frutas y manjares que le hicieron daño; apuró licores por primera vez, porque antes, aunque era alegre, no bebía; y así ahíta,[261] embriagada y casi delirante por la fiebre, entró a bañarse a las seis de la tarde en el agua helada del Zamora. A las once de la noche el apoplético[262] la mandó a la eternidad.

Como esta relación estaba más terrible que la presencia del cadáver, el estudiante salió a buscar un aire más respirable que el de ese cuarto, y se encontró con el espectáculo de los peones que estaban recogiendo en el ataúd trozos de carne humana engangrenada.

Allí estaba exangüe[263] y despedazado el corazón que había hecho palpitar a tantos corazones.

---

258 *Envite*: ofrecimiento.
259 *Acatamiento*: tributar sumisión.
260 *Anonadar*: recibir asombro o una impresión fuerte que deja a alguien como sin comprender lo que pasa.
261 *Ahíta*: harta. Se dice del que ha comido hasta no poder más.
262 *Apoplético* o *apopléjico*: afectado de apoplejía (paralización súbita del funcionamiento del cerebro por un derrame sanguíneo en el cerebelo o en las meninges).
263 *Exangüe*: desangrado, falto de sangre. Metáf. Sin fuerzas, muerto

Por la tarde, cuatro indígenas pisoneaban[264] una sepultura y los curia-les[265] daban por terminado el sumario[266] por no haber lugar a formación de causa. He aquí el fin de la que fue Rosaura...

---

264 *Pisonar* o *apisonar*: pisar reiteradamente algo, particularmente la tierra, para apretarlo y alisarlo.
265 *Curial*: empleado subalterno de los tribunales de justicia, o persona cualquiera que se de-dica a gestionar asuntos en ellos.
266 *Sumario*: conjunto de actuaciones judiciales en que se relata un suceso con todos los datos que pueden servir para la vista del proceso.

Apéndice

El cura que había causado la perdición de esa mujer, cuando supo su muerte subió al púlpito y platicó patéticamente sobre las desgracias que traen consigo la desobediencia a los padres, el desacato al sacerdote y el irrespeto a los jueces. Don Pedro volvió a su tema de atribuir la muerte de su hija a las modernas instituciones. Don Anselmo se vistió de gala el día que le fue dada la noticia de su viudez. El presbítero Eduardo aún conserva respetuosamente las dolientes memorias de esa víctima. El estudiante no ha perdido de vista lo horrible el espectáculo que tuvo delante de sus ojos y ha apuntado sus recuerdos veinte y dos años después de los sucesos.

Thank you for acquiring

LA EMANCIPADA

from the
Stockcero collection of Spanish and Latin American significant books of the past and present.

This book is one of a large and ever-expanding list of titles Stockcero regards as classics of Spanish and Latin American literature, history, economics, and cultural studies. A series of important books are being brought back into print with modern readers and students in mind, and thus including updated footnotes, prefaces, and bibliographies.

We invite you to look for more complete information on our website, **www.stockcero.com**, where you can view a list of titles currently available, as well as those in preparation. On this website, you may register to receive desk copies, view additional information about the books, and suggest titles you would like to see brought back into print. We are most eager to receive these suggestions, and if possible, to discuss them with you. Any comments you wish to make about Stockcero books would be most helpful.

The Stockcero website will also provide access to an increasing number of links to critical articles, libraries, databanks, bibliographies and other materials relating to the texts we are publishing.

By registering on our website, you will allow us to inform you of services and connections that will enhance your reading and teaching of an expanding list of important books.

You may additionally help us improve the way we serve your needs by registering your purchase at:
http://www.stockcero.com/bookregister.htm

CPSIA information can be obtained
at www.ICGtesting.com
Printed in the USA
FSOW01n0313260118
43798FS